KB271693

자유를 향한
머나먼 질주
42.195km

아름다운 청소년 ❼

자유를 향한 머나먼 질주 42.195km

초판 1쇄 발행 2012년 6월 13일 | 초판 3쇄 발행 2014년 6월 20일
지은이 제임스 라이어던 | **옮긴이** 유영종 | **펴낸이** 방일권 | **펴낸곳** 별숲
출판등록 2010년 6월 17일 제398-251002010000017호
주소 경기도 구리시 체육관로 137-8, 607호 (교문동, 구리미래타워)
전화 031-563-7980 | **팩스** 02-6209-7980 | **전자우편** everlys@naver.com

ISBN 978-89-97798-00-1 44840
ISBN 978-89-965755-0-4 (세트)

BLOOD RUNNER

이 도서의 국립중앙도서관 출판시도서목록(CIP)은 e-CIP홈페이지(http://www.nl.go.kr/ecip)와
국가자료공동목록시스템(http://www.nl.go.kr/kolisnet)에서 이용하실 수 있습니다.(CIP제어번호 : CIP 2012002477)

자유를 향한 머나먼 질주

42.195km

제임스 라이어던 장편소설 | 유영종 옮김

별숲

이 이야기는 전기가 아니라 소설이다.
넬슨 만델라가 감옥에서 석방되기 전 몇 년간
남아프리카공화국의 아파르트헤이트(인종격리정책) 아래서
한 남자가 자유를 위해 싸워 나간 과정을 따라가며 이야기하고 있다.
이 책에 나오는 많은 사건들이 실제로 일어났다.
하지만 여기에 등장하는 사람들은 결코 실존 인물이 아니다.
이 책은 남아프리카공화국 흑인으로 첫 올림픽 금메달을 딴
조시아 투과니에게서 일부 영감을 얻어 쓴 작품이다.
조국에 정의와 자유를 가져오기 위해 투쟁한
모든 남아프리카공화국 흑인과 백인들에게 이 책을 바친다.

SC
AT
2

무엇을 하고
어디로 갈까
난폭하고 극단적인
인종차별을 느낄 때

어디서 사랑을 찾을까
증오와 인종적 편협함에
완전히 취한
위안 없는 세상에서

인류의 진보가
부정과 무지로
억압된 세상에서……

몬데 틴지, 16세
오스카 음페사 고등학교, 니양가
웨스턴 케이프 주

안개 끼고 찌는 듯 더운 이른 아침, 백 명이 넘는 선수들이 서로 뒤엉켜서 스타디움으로 밀려들어 왔다. 거친 목소리와 발 구르는 소리들이 콘크리트로 지어진 스타디움에 울려 퍼지며 관중석을 타고 올라가 공기 속으로 연기처럼 사라졌다. 멀리 타원형으로 넓게 펼쳐진 하늘에서 이상하리만큼 거친 까마귀 울음소리가 들려왔다.

까악! 까아악!

빨간 벽돌 트랙 위에서 선수들이 막대기 같은 다리를 긴장한 듯 씰룩거렸다. 주심의 손가락이 스톱워치 단추 위에서 초조하게 맴돌았다. 선수들의 불안한 눈길은 6시 57분을 가리키는 시계에 고정되어 있었다. 겨우 몇 분 남았다. 123명의 선수들은 42.195킬로미터를 달릴 준비를 했다.

선수들 중에 작고 마른 흑인이 한 명 있었다. 무지개 국가가 된 새로운 남아프리카공화국은 두 명의 노련한 백인 선수와 올림픽 경험이 전혀 없는 흑인 선수 한 명을 출전시켰다. 세계 마라톤 랭킹이 겨우 41위밖에 되지 않기 때문에 모두 그 선수가 흑인이라는 상징성 때문에 올림픽에 출전했다고 생각했다. 많은 사람들이 그 선수가 중간에 기권할 거라고 예상했다.

출발 총소리를 기다리는 동안 젊은 흑인 선수의 신경은 교회의 깨진 종소리처럼 불안하게 곤두섰다. 앞에는 멀고 먼, 그리고 더 먼 길이 놓여 있었다. 최선을 다하겠지만 마음속 깊은 곳에는 자신이 메달을 딸 가능성이 희박하다는 것을 알고 있었다.

무릎이 덜덜거리고 손이 떨리는 걸 멈출 수만 있다면!

'이봐, 긴장을 풀어.'

흑인 선수는 안정을 찾으려고 생각이 제멋대로 멀리 흘러가게 놔두었다. 어린 시절, 가족, 그 운명의 날로…….

1

이제는 아주 오래전 일 같았다. 하지만 기억은 마음속에, 그리고 새 뮤얼의 삶 속에 생생하게 남아 있었다. 아직도 듣고 볼 수 있고, 냄새 맡고 느낄 수 있었다. 마치 달리기처럼 생생하고 달곰쌉쌀했다.

새뮤얼에게 달리기는 늘 과거의 흙먼지를 피어오르게 했고, 발밑 에 있는 즐겁고 고통스런 기억들을 들춰냈다.

먼저 즐거운 기억. 가죽 같은 맨발로 먼지 날리는 타운십(과거 남아 프리카공화국 흑인 거주구) 길을 달리던 일. 새뮤얼이 맨 앞에서 아이 들과 함께 소리 지르며 몇 걸음 떨어진 곳에 내려앉아 뒤뚱거리며 걷 는 비둘기들이 푸드덕 날아 도망갈 때까지 쫓아 내달렸다.

숨차서 그런 것처럼 속도를 줄이며 약 올리다 다시 잽싸게 도망가 며 "더 빨리, 더 빨리! 잡을 수 있으면 잡아 봐!" 하며 아이들에게 소리치던 기억. 아이들이 거의 다 따라잡으면 새뮤얼은 웃음을 터트리며 방향을 휙 바꿔 다시 도망쳤다.

아무리 열심히 쫓아가도 아이들은 길을 따라, 또 길에서 벗어나 잡목으로 우거진 곳으로 자기들을 끌고 다니는 이 꼬마 개구쟁이를 잡을 수가 없었다. 이 어린 꼬마는 제멋대로 늘어선 아이들을 황야로 끌고 들어가는 피리 부는 사나이 같았다.

"들쥐와 독사들 조심해! 꼬리 밟지 마!"

새뮤얼이 아이들에게 소리치곤 했다.

그러면 소심한 아이들은 겁을 먹고 줄무늬 들쥐나 치명적인 독사들이 있을까 봐 그 자리에 멈춰서 주위를 둘러봤다. 좀 더 용감한 아이들은 선두에 선 새뮤얼에게 최대한 가까이 따라붙으려고 더 빨리 달렸다.

어린 새뮤얼도 들판에 전갈이나 커다란 독사가 있을까 봐 길에서 너무 벗어나지 않으려고 조심했다. 새뮤얼은 타운십 길 옆, 아이들이 잠시 쉬면서 더운 몸을 식히고 목도 축이는 맑은 시냇물까지 마을을 한 바퀴 돌곤 했다. 그때 한동안 새뮤얼은 '길 위의 왕'이었다. 사방치기에서 꼴찌를 하고, 공기나 구슬치기도 다 지고, 크리켓 경기에서도 첫 번째 공에 바로 아웃되더라도 달리기에 있어선 새뮤얼이 타운십 아이들 중에서 챔피언이었다.

학교에서도 마찬가지였다. 운동회 날이 되면 새뮤얼은 둘이서 세 다리로 달리기, 포대 쓰고 달리기, 숟가락에 달걀 올려놓고 달리기 등

모든 달리기 경기에 출전했다. 1인 경주를 하면 아무도 새뮤얼을 이기지 못했다.

달리기를 아주 잘했기 때문에 사람들은 마을에 위험을 알리는 일을 새뮤얼에게 맡겼다. 경찰 단속이 있을 거라는 소문이 돌면 불법 거주자나 밀주 제조자, 통행증이 없는 방랑자나 다른 범법자들 사이를 돌아다니며 경찰이 문을 두들기고 창문을 부수기 전에 빨리 피하라고 알려 주는 것이 새뮤얼의 임무였다. 허탕을 친 흑인 경찰들은 누가 단속하는 재미를 망치고 체포 할당량을 엉망으로 만드는지 전혀 알아채지 못했다. 만약 잡기만 한다면 닭 모가지를 비틀듯 새뮤얼의 목을 비틀었을 것이다. 하지만 그러기에는 새뮤얼이 너무 빨랐다.

달리기는 새뮤얼의 장기였다. 달리기는 친구들 사이에서 인기를 얻게 해 주었을 뿐 아니라 행복을 안겨다 주었다. 새뮤얼은 손을 흔들며 인도인, 유색인, 흑인 가족들을 지나 타운십의 여러 지역을 탐험하고 초원을 마음껏 가로질러 달리는 걸 좋아했다.

이런 기억들이 경기가 시작되기 전 새뮤얼의 머릿속에 가득 떠올랐다. 하지만 다른 기억들도 있었다. 즐거운 기억들로부터 떼어놓지 못하고 엉켜 버린 어두운 기억들이…….

* * *

평화로운 가을 아침이었다. 재스민과 허니서클 향기가 공기 속으로 나른하게 퍼지고, 황금빛 태양은 잠든 아기를 대견스럽게 바라보는 엄마처럼 부드러운 미소를 띠며 땅을 비추고 있었다. 주인 없이 늘 배고파하는 개들조차도 거들먹거리며 걷는 까마귀들을 게슴츠레한 눈으로 바라보며 그늘에서 졸고 있었다. 너무 가까이 다가오면 개들은 나직하고 나른하게 으르렁거려 까마귀들을 황급히 도망가게 만들었다.

그날은 휴일이었다. 학교도 쉬고 사람들도 광산에서 하루 휴가를 받았다. 그 월요일, 다른 많은 타운십에서도 틀림없이 이런 광경이 펼쳐졌을 것이다.

하지만 그날은 이 타운십에 뭔가 다른 게 있었다. 공기 중에 무언가가 떠다니는 것 같았다. 보이지도, 들리지도, 냄새나지도 않지만 새뮤얼은 느낄 수 있었다. 혀를 내밀면 몸이 오싹하는 아릿함을 맛볼 수 있었다. 그게 발끝까지 쿡쿡거리며 온몸에 울려 퍼졌다.

뭔가 터지기 직전이었다…….

그게 무엇인지는 아무도 정확히 알지 못했다.

룩스마트와 니코데무스가 아침을 먹으며 서로 윙크하고 미소 짓는 걸 보면 새뮤얼의 두 형은 분명히 비밀을 알고 있는 것 같았다. 아빠가 마침내 참을성을 잃었다.

"자, 이제 그만 털어놓거라. 아침 내내 배고픈 하이에나들처럼 어슬렁거리고 있었잖니. 가족 사이에 비밀은 더 이상 못 참겠다!"

아빠가 으르렁거리듯 말했다.

"맘에 안 드실 거예요, 아버지."

큰형인 룩스마트가 말했다.

"무슨 일인지 모르는데 내가 맘에 들어할지 싫어할지 네가 어떻게 알겠니?"

아빠가 대답했다.

룩스마트는 니코데무스와 엄마, 새뮤얼, 그리고 꼬마 동생 샐리를 흘끗 쳐다봤다. 모두들 나무 식탁에 앉아 대답을 기다리고 있었다.

"저… 제가 알기로는… 몇몇 사람들이 통행증명서에 대해 항의하려고 경찰서 앞에서 시위를 벌일 거래요."

아빠가 콧방귀를 뀌었다.

"그럴 줄 알았어! 불만 많은 놈들이 말썽을 일으키려 하는군. 난 법을 어기는 건 찬성하지 않는다."

"잠깐만요, 아버지. 아버지가 '불만 많은 놈들'이라고 부르는 사람들은 평화롭게 경찰서까지 행진할 거래요. 말썽을 일으키려는 게 아니에요. 단지 통행증을 반납하려는 것뿐이라고요."

룩스마트가 말했다.

그러자 아빠가 "흥!" 소리까지 내면서 이번에는 더 크게 콧방귀를 뀌었다.

"법을 어기려는 게 아니에요. 그건 평화적인 시위예요. 영국에서 있었던 평화행진처럼요. 부당한 통행증 제도에 대해 분명히 누군가 무엇을 해야 하지 않나요?"

니코데무스도 말했다.

니코데무스는 아빠가 영국적인 것이라면 꾸벅 죽는다는 것을 알기 때문에 영국 평화행진에 대해 언급했다. 하지만 아빠는 그저 콧방귀만 뀌었다. 영국 사람들은 통행증을 가지고 다니지 않기 때문에 어차피 상관이 없었다.

아빠가 툴툴거렸다.

"그게 잘도 통하겠다. 경찰은 신경도 안 쓸 거다. 그냥 대놓고 비웃은 다음 한꺼번에 유치장에 처넣겠지. 내 생각에는 그래도 싸다."

"여보, 그렇게 패배주의자처럼 말하지 마요."

가족 중에서 가장 과격한 엄마가 말했다. 할 수만 있다면 엄마는 프라이팬으로 경찰들의 머리통을 힘껏 갈겼을 것이다. 엄마가 계속 말했다.

"누군가 뭐라도 할 때가 되었어요. 통행증은 노예제의 표시예요. 어떻게 할까요? 그냥 그대로 모욕받고만 있어요? '네, 주인님. 아니요, 주인님. 감사합니다, 주인님!' 제기랄, 자존심도 없어요?"

아빠는 희끗희끗한 머리를 가로저었다.

늘 그랬던 것처럼 엄마가 이겼다. 그래서 이제 아이들은 모두 시위하는 걸 구경할 수 있게 되었다. 아이들이 말썽에 휩쓸리지 않게 하기 위해서라도 아빠가 같이 가기로 했다.

"샐리, 넌 파란 드레스를 입으렴. 그리고 새뮤얼, 넌 새 티셔츠와 회색 반바지를 입고."

유럽식 옷들, 그건 새뮤얼 가족의 나들이옷이었다.

샐리와 새뮤얼은 구두가 없기 때문에 누더기가 다 된 운동화를 신었다.

아빠는 교회 갈 때 입는 여기저기 기운 검은색 정장에 깃이 빳빳한 셔츠를 입고 넥타이를 맸다. 엄마는 아빠의 유럽식 취향을 싫어했고, 교회에 갈 때처럼 시든 체리들로 장식한 밀짚모자 쓰기를 거부했다. 대신, 부족 의상인 헤드스카프를 머리에 감았다.

시위는 경찰서 앞에서 오후 1시에 열릴 예정이었다. 그래서 12시 15분에 새뮤얼네 가족은 그 백인 요새를 향해 걸어가기 시작했다.

불과 1.5킬로미터 만에 세계를 한 바퀴 도는 것 같았다. 경찰서로 가려면 인도인, 유색인, 흑인이 살고 있는 저마다 다른 색깔의 세 지역을 지나쳐야 했다. 백인들이 '반투 원주민' 이라고 부르는 흑인들은 자신들만의 빈민촌에 거주했다. 새뮤얼네 가족은 빗방울이 새는 양철지붕에다 제멋대로 지어진 우중충한 판잣집에 살았다. 집 안에는 흙바닥 여기저기에 종이 상자들을 깔아 놓았다. 수도도, 가스도, 전기도, 화장실도 없었다. 모두 길 끝에 있는 재래식 화장실을 사용했다.

새뮤얼네 가족은 대부분의 사람들이 쇼핑을 하러 가는 인도인 거주 지역을 지나갔다. 그곳엔 늘 사람들이 북적대고, 달콤한 냄새가 나는 다양한 상점들이 복잡하게 모여 있었다. 가게 주인들이 새뮤얼의 부모님을 불렀다.

"들어와 보세요, 아주머니! 이것 보세요, 아저씨! 물건들이 아주 싸요!"

돈이 있다면 사탕수수부터 거위 깃털로 만든 솔까지 무엇이든 살수 있었다.

새뮤얼의 아빠는 인도인 거주 지역보다 고급인 유색인 거주 지역을 훨씬 더 좋아했다. 앞뒤로 정원이 딸린 단층집들이 줄지어 선 그곳은 깨끗하고 잘 정돈되어 있었다. 가게도, 영화관도, 술집도 없었다. 사무실과 진료소들만 군데군데 있었다.

새뮤얼의 엄마는 자주 이야기하곤 했다.

"우리 아프리카 사람들은 흑단처럼 까맣고, 교회 쥐처럼 가난해. 금광 밑바닥에서 일하는 사람들도 우릴 얕잡아 볼 거다!"

어린 새뮤얼은 아파르트헤이트 체제를 도대체 이해할 수 없었다. 새뮤얼은 백인들이 경찰서에서 일하는 것을 알고 있었다. 총을 가지고 다니는 건 다 백인 경찰이었다. 그 경찰들은 퇴근한 다음에 어디로 갈까?

"백인들은 어디서 살아요?"

경찰서에 가까이 가자 새뮤얼이 물었다.

아빠는 멀리 떨어진 지평선 쪽을 가리키며 손을 공중에 대고 흔들었다.

"그런데 우리는 왜 여기 살고, 백인들은 저기 살아요?"

"원래부터 그랬어."

엄마가 대답했다. 그러고는 미소를 지으며 계속 말했다.

"어머니처럼 따듯한 햇살은 오늘도 흑인이나 백인이나 똑같이 비추고 있지. 그리고 만약 신이 하늘에 계신다면, 자신의 자식들을 모두 다 내려다보고 계실 거야. 하늘엔 아파르트헤이트가 없단다. 백인들은 신이 흑인 악마들과 싸우는 백인 남자라고 주장하지만 말이야!"

대꾸하지 않았지만 아빠는 엄마에게 '물과 비누로 더러운 입을 닦아!' 하는 표정을 지었다.

가족과 함께 걸어가며 새뮤얼은 친구들에게 손을 흔들었다. 마치 타운십에 사는 사람들이 모두 구경하러 나온 것 같았다. 거대한 강의 수많은 지류들처럼, 흑인 가족들이 재잘거리면서 이리저리 빙빙 돌며 줄지어 걸어가는 사람들의 넓은 흐름에 빨려 들어갔다.

군중들 뒤쪽으로는 개들이 떼를 지어 바짝 따라왔고, 그 뒤에는 윤기 나는 검은 털 까마귀 한 무리가 음식찌꺼기를 찾아다니며 폴짝폴짝 뛰다 재빨리 날아올랐다. 소풍 삼아 음식을 가지고 나온 몇몇 가족들 덕분에 까마귀들은 운 좋게 배를 채울 수 있었다.

2

　군중들은 들떠서 소리 내 낄낄거리며 웃고 농담을 했다. 이따금 한 번씩 누군가 "우리들의 땅! 아프리카!" 하고 구호를 외치거나 엄지손가락을 들어 자유를 상징하는 모양을 만들었다. 같은 방향으로 물 흐르듯 걸어가는 사람들이 5천 명은 되는 것 같았다.

　경찰서가 보이는 곳까지 오자 엄마는 안전한 거리에 앉아서 내려다 볼 수 있도록 모래로 뒤덮인 언덕배기로 가족을 데려갔다. 새뮤얼네 가족은 경찰차가 천천히 지나가며 말썽꾼들이 있는지 살피고 있는 것을 쳐다보았다. 하지만 돌이나 흙을 던지는 사람도, 욕을 해 대는 사람도, 선동하는 사람도 없기 때문에 경찰은 실망한 것 같았다. 누군가 성가를 부르기 시작했고, 사람들이 같이 따라 불렀을 땐 꼭 교회에서 소풍을 온 것처럼 보였다.

그리스도의 전~사들이여 전진하라

전쟁터에 가는 것처럼 행진하며

예~수의 십자가를 앞에 들고…….

＊ ＊ ＊

새뮤얼네 가족은 언덕배기에 앉아 소풍을 즐기고 있었다. 갑자기 불길하게 우르릉거리는 탱크 소리가 들렸다. 사람들이 무장한 부대가 경찰서로 향해 가는 것을 관심 있게 지켜보았다. 새뮤얼은 경기관총과 자동소총을 들고 탱크 위에 앉아 있는 백인 경찰들에게 웃으며 손을 흔들었다.

"넌 저 경찰들이 코끼리를 사냥하러 사파리에 온 거라고 생각하니?"

니코데무스가 말했다.

경찰 두어 명이 씩 웃으며 손을 마주 흔들어 주었다.

"재밌다, 그치?"

샐리가 재잘거렸다.

탱크와 트럭 행렬은 요란한 소음을 내며 경찰서의 철제 정문 앞까지 갔다. 탱크들은 거기서 반 바퀴 빙 돌아 군중들을 마주 보았다. 회색 지휘차가 정문 안쪽으로 들어가는 사이 경찰 몇 명이 경찰서 마당에 무거운 브라우닝 자동 기관총을 설치하기 시작했다.

새뮤얼은 눈을 크게 뜨고 앞에서 펼쳐지는 일들을 바라보았다. 경찰들은 탱크 속으로 내려가 출입문을 닫고 장갑판의 기다란 구멍으로 군중들을 바라보았다. 인근에서 보강 병력을 소집하고 무기들을 가져와 경찰서 안에는 전쟁을 벌이기에도 충분한 무기를 가진 경찰이 거의 4백 명이나 있었다.

늘 있던 엄포였다. 흑인들에게 누가 주인인지 명확히 알리기 위한 무력의 과시였다. 새뮤얼은 동생과 계속 공을 가지고 놀았다. 남자와 여자들이 팔에 팔을 끼고 군중 사이로 들락거렸고, 사람들이 호기심에 그 뒤를 따라다녔다.

멀리서 윙윙거리던 소리가 엄청나게 커졌다. 지평선 너머 파란 하늘에서 마치 화난 벌떼처럼 전투기 중대가 날아왔다. 비행기가 가까이 다가오며 너무 낮게 날아 사람들은 비행기 안에 있는 조종사까지 볼 수 있었다. 새뮤얼은 전투기를 한 번도 본 적이 없었다. 이렇게 비행기가 요란하고 빠르게 날아가는 것을 구경시켜 주는 백인들은 얼마나 친절한지 몰랐다!

탱크와 비행기들이 왔는데도 시위대는 여기서 뒷걸음질을 쳐 창피를 당할 수 없다고 생각했다. 정각 1시가 되자, 티셔츠와 청바지를 입은 젊은 남자들이 서로 팔짱을 끼고 천천히 경찰서를 향해 행진하기 시작했다. 시위대는 탱크들로부터 20미터 정도 떨어진 곳에 멈추어 서서 구호를 외쳤다.

"통행증 반대! 통행증 반대!"

다른 사람들도 시위대의 구호에 응답해 백인들이 알아듣도록 아프리칸스 어로 새로운 구호를 외쳤다.

"온스 닥 니(대오 사수)! 온스 닥 니(대오 사수)!"

처음에는 긴장되어 조그맣게, 그다음엔 입을 모아 더 크게. 하지만 구호들은 완전히 무시되었다. 아무런 반응이 없었다. 탱크는 물론이고 경찰서 밖으로 경찰이 나오지도 않았다. 어쩌면 경찰들은 낮잠을 자고 있거나 평소처럼 맥주와 바비큐를 즐기고 있는지도 몰랐다.

시위를 벌이고 있는 청년들은 이제 어떻게 해야 할지 난감해졌다. 새뮤얼은 환호할 수 있게 시위대가 통행증을 태우든가 무언가 다른 대담한 일을 벌였으면 하고 살짝 바랐다.

그런데 갑자기 카키색 셔츠와 반바지를 말쑥하게 차려 입은 흑인 경찰들이 한 줄로 길게 늘어서서 철제 정문 밖으로 쏟아져 나왔다. 평소와 다르게 이 흑인 경찰들은 라이플총을 들고 있었다. 경찰들은 챙이 달린 번들거리는 모자를 쓴 백인 지휘관의 명령을 따르고 있었다.

"왼발, 오른발! 왼발, 오른발! 제자리에 서!"

백인 지휘관의 명령에 따라 흑인 경찰들은 벽과 정문을 등지고 탱크들의 양쪽으로 늘어서 정렬했다.

"세워 총!"

백인 지휘관이 소리쳤다.

"사격 준비!"

군중은 경찰들이 시위대에 총을 겨누는 걸 어리둥절하게 바라보았다.

"설마… 장난치는 거겠지? 평소처럼 경고 방송을 하려고 스피커 선도 연결하지 않았어."

룩스마트가 말했다.

땀투성이가 된 경찰들 얼굴에는 초초한 기색이 역력해 보였다. 흑인 경찰들은 아마 자신들이 흥분한 흑인 폭도들과 백인 문명사회 사이에 서 있는 얇은 방어벽이라고 생각했을 것이다.

새뮤얼은 무섭기보다 흥분됐다. 지금까지 아프리카 인들이 경찰에 맞서는 것을 한 번도 보지 못했던 것이다. 새뮤얼은 여섯 명의 젊은 남자들이 무척 용감하다고 생각했다. 공기는 칼로 자를 수 있을 정도로 팽팽하게 긴장되어 있었다. 사람들의 눈이 모두 통행증을 내밀고 있는 시위대에 쏠려 있었다.

"이제 저 청년들은 정말 화가 나겠구나."

엄마가 속삭였다.

"아니면 유치장에서 하루를 보낼 거고. 그래야 정신을 차릴 거다."

아빠가 짜증 난 듯 낮은 소리로 말했다.

정적이 흘렀다. 땀투성이가 된 경찰들은 동상처럼 서 있었다. 총부리를 군중들한테 겨눈 탱크들이 사격할 준비를 하고 있었다. 여섯 명의 시위대는 도전적인 자세로 말없이 경찰과 일정한 거리를 두고 서 있었다. 한 편은 총을 들고, 다른 편은 통행증을 들고 있었다.

마치 땅 위의 심각한 분위기에 맞추기라도 하듯 갑자기 하이펠트 고원의 크리스털같이 맑은 하늘 위로 검은 구름들이 몰려왔다. 멀리서 천둥소리가 불안하게 울렸다.

그리고 전혀 예상하지 못했던 일이 일어났다.

총 소리가 났다. 아니, 천둥소리였던가?

모두 주위를 둘러봤다. 군중 속에 있는 말썽꾼이 하늘을 향해 권총을 발사했나?

경찰도 당황하기 시작했다.

"총소리다!"

고함 소리와 함께 누군가가 쉰 목소리로 명령을 내렸다.

"사격!"

누가 명령했는지 아무도 몰랐다. 그리고 순식간에 모든 게 아수라장으로 변했다. 권총, 라이플총, 경기관총, 중기관총…… 경찰은 가지고 있는 모든 무기들로 사격을 가했다. 경고 방송도, 경고 사격도 없었다.

'꼼짝 마, 움직이면 쏜다.' 하는 경고조차도 없었다.

탕―탕―탕―탕. 탕―탕―탕―탕. 총소리는 끝없이 계속 났다. 총알들이 벼락처럼 날카롭고 묵직한 소리를 내며 군중들 정면에, 그리고 군중들이 뒤돌아 도망가자 그 등 뒤로 빗발처럼 쏟아졌다.

모든 일이 멈춘 듯 한순간에 일어났다.

처음엔 몇 사람들이 "우리들의 땅! 아프리카!" 하고 소리치며 긴장한 표정으로 낄낄거렸다. 그 사람들은 경찰이 공포탄을 쏜다고 생각했다. 주위는 비명과 신음 소리로 가득 찼다.

마치 고통을 진정시키려는 듯 갑자기 소나기가 쏟아져 경찰과 피해자들 모두가 비에 흠뻑 젖고 땅바닥 곳곳엔 핏빛 물웅덩이가 생겼다.

새뮤얼네 가족은 언덕 밑쪽에서 사람들이 허둥지둥 일어나 뒤돌아서 죽어라 도망치는 것을 보고 깜짝 놀랐다. 총알은 사방으로 날아다니고 사람들이 쓰러졌다.

"도와주세요!"

울부짖는 소리가 여기저기서 들렸다.

"피크닉 접시들을 정리해야겠다."

새뮤얼의 엄마가 다급하게 말했다. 눈앞에서 벌어지고 있는 상황과는 어울리지 않는 이상한 말이었다.

공포에 질려 제자리에서 꼼짝하지 못하는 사람들도 있었다. 한 사람이 경찰들에게 달려가며 "그만! 그만! 이제 멈춰!"라고 소리쳤다. 하지만 그 사람은 두 번째로 시작된 일제사격을 받아 자신의 외침을 채 끝내지도 못했다.

총알은 넓은 지역에 걸쳐 멀리까지 날아갔다. 한 여자는 자기 정원에서 차를 마시다 총에 맞았다. 어떤 여자는 수백 미터나 떨어진 자기 집 뒷마당에서 빨래를 널다 등에 총을 맞았다. 어떤 노인은 광고지를 배달하러 자전거를 타고 길을 가다가 머리가 날아갔다. 머리가 날아간 몸을 태운 자전거는 어떤 할머니와 부딪칠 때까지 비틀거리며 굴러갔다.

새뮤얼네 가족이 있는 곳 아래쪽에서는 대초원의 풀보다 작은 수백 명의 아이들이 토끼처럼 이리저리 뛰어다녔다. 한 아이는 총알로부터 머리를 보호하려는 듯 망가진 검정 우산을 들고 있었다. 땅바닥에 쓰러진 아이들은 결코 다시 일어나지 못했다.

“우리도 가야겠다.”

앞에서 일어나는 일을 믿을 수 없다는 듯 새뮤얼의 아빠가 중얼거렸다. 벌어지고 있는 총격 사건은 눈을 씻고 봐도 믿을 수 없었다. 전쟁이나 갱스터 영화를 찍기 위해 총연습을 하는 걸로 보일 뿐이었다. 그리고 총에 맞은 연기를 하는 사람들과 자신은 아무런 상관이 없다고 생각했다. 그런 게 아니라면 왜 백인 경찰이 시카고 갱스터처럼 탱크를 타고 한쪽 끝에서 다른 쪽 끝까지 군중들을 기관총으로 쓸어버리겠는가? 흑인 경찰 두 명도 그 백인 경찰 옆에서 권총을 쏘고 있었다. 탕—탕—탕—탕. 탕—탕—탕.

만약 영화 촬영을 하는 거라면 대부분의 엑스트라들은 새뮤얼네 가족이 앉아 있는 언덕 아래 길 위에 쓰러져 있어야 했다. 그런데 총알들은 점점 언덕을 타고 올라왔다. 그리고 새뮤얼네 가족 바로 아래쪽에 있던 남자가 쓰러졌다. 그 남자는 잠시 멍하니 쓰러져 있다 일어나 손을 앞으로 내밀고 몇 걸음 새뮤얼네 가족을 향해 걸어왔다. 그러고는 다시 앞으로 푹 고꾸라졌다.

새뮤얼네 가족도 총격 사정권 안에 들어갔다. 엄마가 먼저 쓰러졌다. 그다음 샐리. 아빠는 엄마와 샐리를 도우려고 몸을 구부리며 아이들에게 소리쳤다.

"도망가, 얘들아. 죽어라 달려! 맙소사!"

그게 아빠가 한 마지막 말이었다. 영화가 아니라 실제 상황이었다. 엄연한 현실이었다. 엄마, 샐리 그리고 이제 아빠. 다른 사람들과 마찬가지로 아빠도 등에 총을 맞았다. 새뮤얼은 잠시 아빠가 먼지투성이 땅바닥에서 몸을 꿈틀대며 경련을 일으키는 걸 바라봤다. 아빠 몸이 점점 굳어졌다. 아빠는 엄마와 샐리를 향해 손을 뻗었다. 검붉은 얼룩이 아빠의 최고급 정장 재킷에 빠르게 번졌다.

새뮤얼은 아빠의 표정을 결코 잊을 수 없었다. 소름 끼치는 진실을 마침내 깨달은 것 같았…… 늦게, 너무나 늦게. 영국식 정의란 도대체 무엇이란 말인가?

* * *

공포 때문에 멍해진 새뮤얼은 흐르는 눈물 사이로 흐릿하게 뒤범벅이 된 색깔을 보았다. 엄마 헤드스카프의 오렌지색, 샐리 드레스의 파란색, 그리고 아빠 낡은 정장의 검은색.

새뮤얼은 언덕 아래를 내려다보았다. 경찰은 총을 치우고 주위에 있는 사람들을 채찍으로 내리치며 쫓아냈다. 사람들은 안전한 곳을 찾아 근처에 있는 교회로 도망쳤다. 새뮤얼은 온 힘을 다해 형들과 경찰을 앞질러 달렸다. 새뮤얼은 자신이 여우 앞에서 달리는 놀란 토끼 같다고 생각했다. 먼저 한쪽으로 달리고 다음엔 반대쪽으로, 하지만 늘 잡히지 않도록 빠르게 달리는 토끼. 상상도 못했지만, 달리기 실력이 이전과는 전혀 다른 상황에서 새뮤얼을 구해 주었다. 새뮤얼은 언덕을 내려와, 관목지를 건너, 길을 따라 달렸다. 거기에 레지나 문디 교회가 있었다. 이제 거의 다 왔다. 교회 안은 안전할 것이다.

주일학교에서 들은 성경 구절이 새뮤얼의 머릿속에서 노래 후렴처럼 반복되었다.

'아이를 내게 데려오너라.'

새뮤얼이 속으로 대답했다.

'제가 갑니다, 주님.'

갑자기 암울한 생각이 떠올라 새뮤얼은 달리기를 멈추었다. 어쩌면 주님은 흑인 아이들을 생각하며 말한 게 아닐 수 있다!

3

기절했던 게 분명했다. 정신을 차리자, 새뮤얼은 자신이 차가운 돌 위에 앉아 있는 것을 발견했다. 익숙지 않은 냄새는 새뮤얼이 어디에 있는지 전혀 알 수 없게 만들었다. 가끔씩 낮은 신음소리로 깨지는 으스스한 고요함은 새뮤얼을 더 헷갈리게 했다.

새뮤얼은 계속 눈을 꼭 감고 있었다. 그리고 얼굴, 머리, 팔, 가슴, 다리, 발가락 끝까지 손으로 마구 더듬었다. 아픈 곳은 없었다. 피 때문에 손가락이 끈적끈적하지도 않았다.

무거운 문이 열리는 소리가 들리고 눈부신 빛이 꼭 감은 눈 속까지 들어왔다. 새뮤얼은 눈을 살짝 뜨고 주위를 살펴봤다.

새뮤얼은 타일이 깔린 바닥에 앉아 있었다. 교회 문 너머에는 끈이 풀린 수백 개의 신, 찢어진 바지, 모자, 심하게 망가진 자전거, 지팡이,

그리고 양산 몇 개가 바닥에 엉망으로 흩어져 전쟁터처럼 보였다. 이상하게 뒤틀린 자세를 한 수많은 시체들이 총알구멍이 난 옷을 입고 핏빛 웅덩이에 쓰러져 있었다. 수백 명의 부상자들이 멍하니 주위를 방황하고 있었다. 또 다른 사람들은 마치 덫에 걸린 토끼처럼 움직일 생각도 못하고 그 자리에 그대로 앉아 있었다.

전쟁은 끝났다. 경찰들은 마치 공포 연극의 연기자처럼 공연이 끝난 무대를 떠나 막사로 줄지어 돌아가고 있었다. 탱크도 코뿔소처럼 커다란 소리를 내며 천천히 무대를 떠났다.

새뮤얼은 견딜 수가 없어 눈을 다시 감고 싶었다. 그러면 악몽이 사라질 것 같았다.

갑자기 교회 밖 광장을 급하게 오가는 구급차들의 사이렌 소리가 들려왔다. 구급차들은 사람들이 쓰러졌을 때처럼 빠르게 시체들을 싣고 가장 가까운 흑인 병원으로 달려갔다.

시끌벅적한 소리가 잦아들자 새뮤얼의 머릿속에는 불길한 생각들이 마구 떠오르기 시작했다. 이젠 어쩌지? 어디서 어떻게 살아? 누구누구가 살았지?

아빠는 분명 죽었을 것이다. 반쯤 놀라고, 반쯤 증오에 찬 아빠의 표정을 새뮤얼은 영원히 잊지 못할 것이다. 하지만 엄마는? 샐리는? 새뮤얼이 마지막으로 기억하는 건 엄마가 앞으로 푹 고꾸라져 주름 투성이가 된 치마 사이로 밤색 다리를 드러내고 꿈쩍하지 않고 있는 모습이었다. 샐리도 거의 동시에 엄마 위로 가로질러 쓰러졌고, 옅은 파란색 드레스 뒤로는 삐죽삐죽하게 붉은 구멍들이 났다.

그때는 상황이 이해되지 않아, 엄마가 찢어진 드레스 때문에 얼마나 화를 낼지 걱정했다. 새뮤얼은 엄마가 드레스를 빨고 수선해야 할 거라고, 샐리가 좀 더 조심했어야 했다고 생각했다.

어쩌면 엄마와 샐리는 그냥 부상만 입었을 수도 있다. 아니, 어쩌면 기절만 했을 수도 있다. 엄청났던 혼란을 생각한다면 기절하는 건 정말 놀랄 일도 아니다. 재수가 좋았더라면 구급차가 엄마와 샐리를 병원으로 바로 싣고 갔을 것이다. 어쩌면 엄마와 샐리는 지금 이 순간 가족이 찾아오길 기다리며 침대에 앉아 간호사와 이야기하고 있을지도 모른다.

새뮤얼은 머리가 터질 것 같았다. 먼저 교회 안을 가득 채운 사람들 중에서 형들을 찾아야 했다. 형들은 어떻게 해야 할지 알 것이다.

새뮤얼이 일어서는데 교회 문이 다시 쾅 하고 열리더니 다부지게 생긴 백인이 출입구를 막고 섰다. 그 남자는 잘 다려진 카키색 셔츠와 반바지, 챙이 달린 경찰 모자, 어깨에 가로질러 찬 반짝반짝한 갈색 가죽 벨트로 완벽한 경찰 복장을 하고 있었다. 오른쪽 엉덩이 위에는 검은색 권총집도 차고 있었다.

이 백인 경찰의 얼굴은 유난히 창백해 보였다. 마치 깨끗하게 빨아 풀을 먹이고 다리미로 다린 일요일 날 입는 셔츠 색깔 같았다. 엄마 말처럼 '돼지의 아랫배보다 더 하였다.'

"모두 잘 들어라!"

경찰이 소리쳤다.

경찰은 사람들이 내는 신음, 흐느낌, 기침 소리가 사라질 때까지 기다렸다.

"잘 들어라!"

경찰의 목소리는 돌벽을 따라 떡갈나무로 만든 기도 의자들을 드나들면서, 나무 서까래로 올라갔다 다시 붉은 타일로 된 바닥으로 내려오며 음산하게 울려 퍼졌다.

"나는… 란드… 경비대의 대장이다…. 이제부터… 너희는… 내… 명령을… 따라라…."

경찰은 소떼를 시장으로 몰고 갈 때처럼 경찰용 짧은 진압 몽둥이를 허공에다 휘둘렀다. 그런 다음 헛기침을 하고 쉰 목소리로 기관총을 쏘듯 짧게 끊어 가며 소리쳤다.

"폭동이 있었다…. 말썽꾼들은… 대가를 치렀다…. 진압 과정에서 구경꾼들이 다쳤다…. 모든 건 폭도들의 잘못이다…."

백인 경찰도 자기 말에 자신이 없는 것 같았다. 실제로 본 것과 자신이 한 말 사이에 차이가 있음을 알고 있는 게 틀림없었다. 하지만 진압 몽둥이를 다시 한 번 휘두른 후 그 경찰은 단숨에 명령을 내렸다.

경찰이 말하는 동안 새뮤얼은 트럭과 구급차들이 교회 밖에서 덜컹거리고 끼익 하며 멈추는 소리를 들었다. 들것을 든 구급대원들이 문을 통해 급히 들어왔다. 하지만 그들은 경비 대장의 퉁명스러운 팔짓에 따라 명령이 끝날 때까지 한쪽 구석으로 밀려났다.

"부상 상태에 따라 모여라! 병원 치료가 필요한 부상자는 왼쪽. 걸을 수 있는 부상자는 오른쪽. 자, 움직여! 위급한 부상자만이다!"

마지막 말은 구급대원들을 향해 내린 명령이었다.

사람들이 쥐 죽은 듯 조용히 급하게 움직이고 있는데, 검은 성직자 옷을 입은 키 크고 마르고 수염이 하얀 남자가 검은 구두로 타일 바닥 위에 따각 소리를 내며 백인 경찰을 향해 천천히 걸어갔다. 그 남자는 가슴에 방패처럼 성경책을 꼭 안고 있었다.

방아쇠가 젖혀진 권총을 보며 그 사람이 말했다.

"형제여, 주님의 성전에서 나가 주었으면 좋겠소."

두 사람은 서로 잠시 노려보았다.

성경책을 안고 있는 남자가 이겼다. 경찰은 갑자기 휙 돌아서서 발뒤꿈치를 쿵쿵거리며 교회 문 밖으로 걸어 나갔다.

"휴! 정말 아슬아슬했다."

기도 의자에 앉아 있던 한 소년이 말했다.

"게다가 백인 대 백인의 대결이었어. 신부님이 흑인이 아니라서 다행이야."

옆에 있던 사람도 말했다.

신부님의 말소리가 교회 안에 휑하니 울렸다. 목소리엔 좀 전에 보였던 기세가 사라졌다.

"형제자매여, 경찰이 말한 대로 하는 것이 좋겠소. 걸을 수 있는 부상자들은 앞에 있는 성수대 옆으로 오고, 나머지는 일단 그 자리에 그대로 있으시오."

교회 안으로 대피했던 군중들이 움직이기 시작했다. 여러 사람들
은 절뚝거리거나 발을 질질 끌고 성수대 앞으로 비틀거리며 나아갔
다. 다른 사람들은 무덤 말고는 아무 데도 비틀거리고 갈 수도 없어
기도 의자 위나 타일 바닥에 그대로 앉거나 누워 있었다. 새뮤얼은
우연히 제멋대로 늘어져 있는 사람들 사이에서 줄무늬 분홍색 누더
기를 한쪽 귀에 대고 있는 룩스마트를 발견했다.

다행이었다!

새뮤얼이 달려오자 룩스마트는 침울한 미소를 지었다.

"샘, 안녕! 다치지 않고 무사해서 정말 다행이다. 닉키는 못 보았
니?"

새뮤얼은 어깨를 한번 으쓱했다. 새뮤얼과 룩스마트는 교회 안을
더 잘 살펴보려고 제단 앞 계단을 올라갔다. 그 모습을 니코데무스가
먼저 발견했다. 기도 의자 뒤에서 피 묻은 손을 흔들며 특유의 쉰 듯
끽끽거리는 목소리로 "여기!" 하고 소리쳤기 때문이다.

새뮤얼과 룩스마트가 흔들고 있는 손을 겨우 찾았을 때, 얼굴은 아
직 안 보였지만 "다리를 다쳤어." 하는 소리가 또 들렸다.

어쨌든 살아 있었다. 다리가 하나만 남았는지 어떤지는 확실치 않
지만 말이다.

열다섯 살이었기 때문에, 그리고 아마도 이제 가장이기 때문에 굵
고 쉰 목소리로 룩스마트가 새뮤얼에게 말했다.

"샘, 가서 형을 돌보렴. 병원으로 가는 차를 훔쳐 타고 어머니, 아버지, 샐리도 찾아보고. 어쩌면 부상만 입었을 수도 있어. 그러기도 하잖니. 총을 맞아 잠시 정신을 잃었다가 다시 깨어나기도 하니까."

룩스마트는 애써 그렇게 믿으려 하는 것 같았다.

"하지만 내가 들것에 실려 갈 정도로 다치지 않았다는 걸 알걸."

아직 경찰이 부상자들을 어떻게 처리할지 잘 몰라 새뮤얼이 반대했다.

"아, 너 같은 꼬마는 귀찮게 하지 않을 거야. 물어보면 내출혈이 있다고 말해. 그래, 볼 안쪽에서 피가 난다고!"

새뮤얼과 룩스마트는 불안해하면서도 피식 웃었다.

새뮤얼은 손을 흔들고 있는 니코데무스를 향해 아직도 총알 피하는 것처럼 몸을 낮게 숙이고 기도 의자 옆 통로를 따라 종종걸음으로 갔다.

니코데무스는 마른 피로 얼룩진 바닥에 누워 있었다. 신발 한짝은 검게 반짝거렸고, 다른 한짝은 검붉은 색이 된 데다 아직도 피가 흘러내리고 있었다. 누군가가 셔츠를 찢어 지혈대를 만들고 피 흐르는 걸 최선을 다해 막으려 시도했다. 니코데무스도 한 손으로 상처를 꽉 누르고 있었지만 그건 물 새는 수도꼭지를 막으려는 것과 같았다. 빨리 치료를 받지 못하면 출혈 때문에 죽고 말 것이다.

새뮤얼은 자기 티셔츠를 찢어 이미 셔츠로 칭칭 감은 상처 위를 다시 둘러쌌다. 니코데무스는 동생이 천을 최대한 꽉 잡아당겨 묶을 수 있게 매듭을 손가락으로 꾹 눌렀다.

"고맙다, 샘. 정말 아프네!"

니코데무스가 숨을 길게 내쉬며 눈을 꼭 감았다.

4

새뮤얼과 니코데무스는 대기하고 있는 트럭까지 들것에 실려 갔다. 하지만 재수 없게도 덜컹대고 썩은 양배추 냄새가 진동하는 덮개 없는 트럭에 타게 됐다. 앞장서서 요란하게 사이렌을 울리는 경찰차를 따라 트럭은 인적이 없는 길을 쏜살같이 달려서 요하네스버그 남쪽에 있는 병원으로 갔다.

덜덜거리는 엔진과 철커덕거리는 기어 변속 소리 위로 흥분한 듯 빠르게 아프리칸스 어가 무전기에서 흘러나왔다. "온미델릭(비상)! 온미델릭(비상)!" 하는 소리가 칙칙 끊기며 계속 반복되었다.

주위는 공포감으로 가득 차 있었다. 경찰도 자신들이 너무 무리하게 대응했고, 처벌받을 수 있다는 사실을 깨달은 것 같았다.

병원도 똑같이 정신없는 공황 상태에 빠졌다. 흑인 보조원들과 백인 간호사들이 부딪혀 약 쟁반과 들통들이 커다란 소리를 내며 바닥에 떨어졌다. 들것을 운반하는 사람들이 걸려 넘어지며 환자들을 쿵하고 바닥에 떨어트렸다. 의사들은 투덜거리며 뛰어다녔다.

"침대가 없어……. 병상이 없다고."

병원은 환자 50명을 수용할 수 있었다. 최대한으로 늘려 봐야 60명이었다. 그런데 지금 수백 명의 환자들이 한꺼번에 몰려왔다. 교회에 왔던 백인 경찰이 지휘를 맡았다. 그 경찰은 한 손에 진압 몽둥이를, 다른 손에는 권총을 들고 병원 마당에 서 있었다.

백인 경찰은 웅성거리는 소음 위로 소리쳤다.

"병동! 먼저 병동을 채워라. 한 침대에 두 명씩, 머리와 다리를 거꾸로 놔. 그다음엔 통로! 복도! 침대가 모자란다고? 들것 받침대를 쌓아! 그것도 다 차면 부상자들을 바닥에 던지란 말이다. 멍청이들!"

의사들의 간청에 백인 경찰이 소리쳤다.

"안 돼, 안 돼, 안 돼! 흑인들은 백인이나 유색인 병원으로 갈 수 없어. 여기에 둔다. 알겠나?"

들것에 실린 부상자들이 옮겨질 차례를 기다리는 동안 새뮤얼은 그 경찰이 앞에서 얼씬거리는 흑인 보조원들을 밀쳐 내며 마당을 걸어다니는 걸 지켜보았다. 경찰은 작은 반점이 깨알같이 박힌 주먹으로 땀투성이 이마를 닦으며 영어와 아프리칸스 어로 명령을 내리고 있었다.

"베란다에 자리를 만들란 말이다, 이것들아! 신선한 공기 때문에 다친 놈들이 죽진 않아. 뭐라고? 다 찼단 말이야? 그러면, 땅바닥에 내려놔. 태양과 공기와 비가 흑인들에겐 최고의 의사야!"

백인 경찰이 명령하는 도중에 비가 내리기 시작했다.

새뮤얼은 그 경찰이 다른 백인 경찰에게 큰 소리로 말하는 걸 들었다.

"이 빌어먹을 깜둥이 새끼들을 다 쏴 죽여야 한다고. 그러면 얌전해지겠지!"

새뮤얼은 부모님과 동생을 찾아 병원 안 구석구석을 둘러봤다. 나무 밑과 풀숲, 병동, 복도와 들것 받침대, 베란다, 수술대, 영안실의 돌 침대까지……. 새뮤얼은 최악의 경우를 생각하기 시작했다.

새뮤얼은 아이들이 결코 보아서는 안 될 광경들을 보았다. 잘린 피투성이 손발들, 갈라져서 분홍빛 창자들이 삐져나온 배, 수술칼들이 찢는 벌거벗은 가슴들, 톱에 잘려 나가는 살과 뼈.

새뮤얼은 아이들이 결코 들어서는 안 될 소리들을 들었다. 고통을 덜어 줄 진통제도 없이 수술 침대에 누운 소년 소녀들의 비명 소리, 젊은 간호사들의 억제하지 못하는 울음소리, 자기 피가 뿜어져 나오는 걸 본 어린아이들이 미친 듯이 지르는 괴성, 슬픔에 잠긴 어머니들의 침묵.

새뮤얼은 외과의사의 수술칼 아래에 누워 있는 니코데무스 형을 바라보았다. 새뮤얼이 손을 꼭 잡고 있었지만 의사가 수술칼로 넓적다리에서 총알을 꺼내는 동안 니코데무스는 참지 못하고 소리를 질렀다. 새뮤얼은 수술 도구대에 놓인 총알과 피 묻은 자기 셔츠를 집어 들었다. 아무도 신경 쓰지 않았다. 새뮤얼은 화가 나서 생각했다. 형을 쏜 놈의 몸 안에 이 총알을 되박아 줄 수 있는 날이 올 거라고!

고통 때문에 비명을 지르느라 니코데무스는 수술하던 의사가 보조 의사와 급히 상의하는 내용을 다행스럽게도 듣지 못했다.

다리를 잘라야 할까 아니면 괜찮을까? 새뮤얼이 날카롭게 "안 돼요!" 하고 소리치자 수술칼을 든 의사가 망설였다. 의사는 어린 새뮤얼을 내려다보며 어깨를 한 번 으쓱하고 한숨을 쉬더니 지친 듯한 미소를 옅게 지었다.

"알았다, 꼬마야. 하지만 이 아이가 죽는다면 아무도 원망하지 말거라."

의사는 부드러운 패드와 깨끗한 붕대로 상처를 감쌌다. 그리고 대기하고 있던 흑인 보조원들에게 환자를 데려가라고 지친 손을 흔들었다.

"다음 환자!"

새뮤얼은 갑자기 토할 것 같았다. 형에 대한 책임감 때문에 바다처럼 푸른 리놀륨 바닥 위에 토하는 걸 거우 참아 냈다.

새뮤얼은 한 손으로 입을 막고 형을 태운 들것을 따라갔다. 혼란한 머릿속에 생각 하나가 오락가락했다. 새뮤얼은 오늘 모든 백인들을 증오할 만한 이유가 생겼다. 하지만 백인 외과의사는 분명히 환자들을 정성껏 치료했다, 모두 흑인 환자들을. 그 의사는 고통을 덜어 주고 생명을 살리기 위해 최선을 다하고 있었다. 그 의사가 피부색에 신경을 썼는지 아닌지 알 방법은 없었다. 하지만 한 가지는 확실했다. 백인들이 모두 사악한 것은 아니었다.

회색 담요를 덮은 니코데무스가 병동의 한쪽 구석에 눕혀지자 새뮤얼은 나머지 가족을 찾아보기로 했다. 병동 안쪽과 병실은 보았지만 마당 바깥쪽은 아직 찾아보지 못했다. 햇빛이 남아 있을 때 서둘러야 했다.

구급차 주차장의 모퉁이를 전속력으로 돌자마자 새뮤얼은 담벼락에 세게 부딪쳤다. 적어도 그렇게 느껴졌다. 새뮤얼은 그대로 튕겨져 땅바닥에 쿵 하고 넘어졌다. 정신이 멍해진 채 위를 올려다보았다. 마치 호리병에서 나온 마법사처럼 한 남자의 형체가 차츰차츰 새뮤얼의 눈에 들어왔다.

그 남자도 새뮤얼처럼 놀란 것 같았다. 작은 새끼 돼지한테 공격당한 황소 같은 표정을 하고 있었다.

"일어나, 멍청한 자식!"

남자가 소리쳤다.

남자는 억센 손으로 새뮤얼을 홱 잡아채 세우고는 맨살이 드러난 가슴을 총으로 쿡쿡 찌르기 시작했다. 그러더니 갑자기 예상 밖의 행동을 했다. 그 남자는 고개를 뒤로 젖히고 귀에 거슬리는 소리로 끽끽거리며 웃었다.

"하하, 깜둥이 꼬마 새끼! 여기서 뭘 하고 있는 거냐?"

새뮤얼은 숨을 헐떡이며 겨우 대답했다.

"아무것도 아닙니다, 경찰관님."

경찰은 새뮤얼이 징징거리는 소리를 흉내 냈다.

"아무것도 아닙니다, 경찰관님! 부상을 입었나?"

"아닙니다, 경찰관님!"

"그럼 여기서 뭘 하고 있는 거야?"

새뮤얼은 자기 가족에 대해 최대한 자세히 설명했다.

"저리 비켜서! 총알로 네 몸통에 구멍을 내기 전에 당장 비켜서란 말이다!"

경찰이 고함을 쳤다. 그 경찰은 권총을 흔들어 흑인 경찰을 불렀다.

"이 스파이를 경찰서로 끌고 가서 조사해. 이놈 가족들의 통행권도 확인해 봐. 자, 데려가!"

5

경찰 둘이서 새뮤얼의 팔을 뒤틀어 꺾어 병원 문 밖으로 데리고 나
갔다. 그러고는 폭동 진압차 뒷자리에 밀쳐 넣었다. 새뮤얼은 40분
쯤 차가 비포장도로를 덜컹거리며 달리는 동안 바닥에 웅크리고 있
었다.

경찰서는 새뮤얼의 신경을 날카롭게 긁는 새로운 소음 말고는 고
요했다. 그 소음은 경찰견들이 길게 우짖는 소리였다. 다른 흑인 아
이들처럼 새뮤얼도 그 개들이 경찰을 위해 특별히 훈련된 늑대들이
라고 믿었다. 새뮤얼은 경찰들이 자기를 늑대처럼 커다란 개들에게
던져 버릴까 걱정했다. 구석에서 몸을 사리는 동안 흑인 경찰 두 명이
취조용 탁자에 앉아 새뮤얼을 빤히 바라봤다. 그 흑인 경찰들에게는
새뮤얼을 가엽게 여기는 눈빛도, 같은 흑인에 대한 동정심도 없었다.

“백인 경찰관이 우리보고 널 조사하라고 했다. 폭동에 가담했나?”

마치 성인 폭력배를 대하듯 가슴을 잔뜩 부풀리고 입술을 내밀며 뚱뚱한 경찰이 말했다.

“아닙니다, 대장님.”

새뮤얼은 통행권을 제시해야 할 때마다 아빠가 그랬던 것처럼 애처로운 목소리로 대답했다.

“돌을 던졌나?”

옆에 있던 삐쩍 마르고 키가 큰 경찰이 물었다.

“아닙니다, 대장님.”

“어디에 사나?”

새뮤얼은 마치 주기도문의 첫 구절을 읊듯이 술술 주소를 댔다.

“가장은 누군가?”

“아버지입니다, 대장님.”

경찰들은 취조가 지겨워지기 시작했다.

“아버지 직업은?”

새뮤얼은 아버지의 직업을 말하고, “돌아가신 것 같습니다. 어머니도요.” 하고 덧붙였다.

“부모님을 알아볼 수 있겠나?”

일렬로 세워진 사람들 사이에서 부모님을 지적해 내라는 것인가 하고 새뮤얼은 생각했다.

“네, 대장님.”

새뮤얼이 혼란스러워하며 대답했다.

"따라와."

한 경찰관이 일어섰다. 새뮤얼은 등유 램프가 어둡게 켜진 천장이 낮은 복도를 묵묵히 따라갔다. 위쪽에 작은 구멍과 나무 셔터가 있는 철제문들이 복도 양옆으로 있었다. 우중충한 복도에는 쥐똥 냄새가 고약하게 풍겼다. 경찰은 복도 끝까지 가서 멈춘 다음 허리띠에서 댕그랑거리는 커다란 열쇠 뭉치를 풀어 철문을 열었다. 그리고는 한 손으로 성냥을 켜서 안에 있는 등유 램프에 불을 붙였다.

철문이 삐걱거리며 열리자 새뮤얼의 얼굴에 악취가 확 풍겨 왔다. 퀴퀴한 땀 냄새와 삶은 양배추 같은 냄새, 그리고 무언가가 썩는 냄새가 섞여 있었다.

새뮤얼은 토가 나오는 걸 참으려고 손으로 코와 입을 감싸며 재빨리 몸을 돌렸다.

시체들을 줄지어 정렬해 놓거나 포개 놓으려는 노력조차 하지 않았다. 엄청나게 많은 시체가 감자 부대처럼 아무 데나 던져져 쌓여 있었다. 생명을 잃은 팔과 다리들이 앞 못 보는 얼굴들 위에 아무렇게나 뻗어 있었다.

"찾아보란 말이다, 녀석아! 채찍 맛을 볼래?"

흑인 경찰이 새뮤얼의 머리를 양손으로 꽉 눌러서 뒤로 돌려 방 안쪽을 바라보게 만들었다. 새뮤얼은 계속 눈을 꼭 감고 있었다. 그러다 뒤통수를 맞아 눈알이 거의 튀어나올 뻔했다. 어쩔 수 없었다. 새뮤얼은 눈을 크게 뜨고 시체들을 쳐다보며 부모님을 찾았다.

세 가지 색이 눈에 확 들어왔다. 파란색, 검은색, 오렌지색.

연한 푸른색 드레스.

색이 바랜 검은색 정장.

오렌지색 헤드스카프.

그걸로 충분했다. 새뮤얼의 입에서 횡설수설하는 말이 흘러나왔다.

"뭐라고?"

경찰이 이번엔 어깨를 세게 한 대 쳤다.

새뮤얼은 계속 연결되지 않는 말을 했다.

"아, 안 돼…. 엄마… 샐리…."

삐쩍 마르고 키가 큰 경찰이 동료에게 소리쳤다.

"피터, 이리 좀 와 봐. 표찰도 가져와."

경찰이 큰 손으로 새뮤얼의 머리를 빙 둘러 힘껏 조이고서 앞을 바라보게 만들었다. 새뮤얼은 얼굴을 찡그리고 주먹을 꽉 쥐었다. 뚱뚱한 경찰이 손에 담황색 표찰과 실뭉치를 들고 뒤뚱거리며 복도를 따라 다가왔다. 방에 도착하자 마른 경찰이 소리를 질렀다.

"어떤 거냐?"

떨리는 손으로 새뮤얼은 푸른색, 오렌지색, 검은색을 가리켰다.

"동생, 엄마, 아빠."

"이름!"

연필과 표찰을 들고 뚱뚱한 경찰이 소리쳤다.

"샐리, 여동생. 빅토리아, 엄마. 앨버트, 아빠. 성은 퀴벨라."

경찰은 표찰을 팔목이나 발목에 묶기 위해 몸을 굽혔다.

표찰을 묶고 몸을 일으키며 마른 경찰이 말했다.

"내일 아침이 되자마자 출생증명서를 들고 타운십 위원회로 가라. 자, 이제 꺼져! 그리고 입을 꾹 다물고 있거라. 아니면 너도 시체들 사이에 누워 있게 될 거다!"

더 이상 듣지도 않았다. 새뮤얼은 경찰이 늑대개들을 풀어놓기 전에 얼른 복도를 되돌아 나와, 서둘러 사무실을 지난 후 철문을 통해 경찰서 밖으로 빠져나왔다.

즐거운 나의 집. 어둠 속에 잠긴 허름한 판잣집이었지만, 여기선 적어도 안전했다. 하지만 룩스마트 형은 어디 있지? 새뮤얼은 두 손으로 머리를 감싸 쥐며 부모님 침대에 앉았다. 생애 최악의 하루에 쌓였던 아픔과 고통이 한꺼번에 다 쏟아져 나왔다.

다음 날 아침에 일어났을 때 새뮤얼은 밤새 꾼 악몽이 이제 사라졌다고 생각했다. 하지만 조용한 집 안은 현실을 불길하게 상기시켜 주었다. 잠에서 덜 깬 나른한 말소리도, 아침 식사를 요리하는 냄새도, 재래식 화장실에 요강을 비우러 드나드는 부산한 움직임도 없었다. 마치 전쟁터에 아침이 온 것 같았다.

새뮤얼은 외롭고 두려웠다. 룩스마트 형은 도대체 어디 있지?

이런 생각을 하자마자, 룩스마트가 문을 열고 걸어 들어왔다. 룩스마트의 얼굴에는 이미 부모님과 샐리에 대해 알고 있다는 게 쓰여 있었다.

"닉키는 어떻니?"

룩스마트가 먼저 물었다.

"괜찮아. 치료받았어."

"얼마 동안 거기 있어야 한대?"

"몰라. 아마 며칠."

룩스마트는 반드시 털어놓아야 할 사실에 대해 말 꺼내는 걸 주저했다. 하지만 마침내 작은 소리로 중얼거렸다.

"밤새 경찰에게 붙잡혀 있다가 해가 뜨자마자 경찰서로 끌려갔어. 시신을 확인하라고."

"응, 알아."

새뮤얼은 눈물을 흘리기 시작했다.

다시 한 번 집 안이 조용해졌다. 새뮤얼의 훌쩍거리는 소리와 룩스마트의 무거운 숨소리만이 침묵을 갈랐다. 룩스마트는 두 손으로 머리를 감싸 쥐고 우리에 갇힌 사자처럼 고개를 숙인 채 집 안을 왔다 갔다 했다. 마침내 룩스마트가 말을 내뱉었다.

"총과 탱크가 있다고 무엇이든 자기들 맘대로 할 수 있다고 생각하고 있어. 흰둥이 새끼들, 너희들은 이제 끝났어. 우리 시대가 오고 있다구. 이젠 흑인들이 그대로 누워서 당하고만 있지 않을 거야!"

룩스마트는 한참 동안 분노를 쏟아냈다. 그러고는 헛기침을 하며 침대에 앉았다. 다시 말하기 시작했을 때 룩스마트의 목소리는 자신감을 잃은 듯 아주 작았다. 하지만 곧 결심이 선 듯 말소리가 빨라졌다.

"이제 우리뿐이야. 집세 내거나 음식을 살 돈도 없어. 통행증도 없고. 그게 무슨 뜻인지 너도 알 거야. 둘 다 학교를 그만두고 일자리를 찾아야 해. 그러지 않으면 경찰과 문제가 생길 테니까. 사무소에 가서 등록을 해야겠어."

한낮이 되자 두 형제는 도시의 반대편 3번가에 있는 타운십 위원회 사무소까지 걸어갔다. 먼지투성이인 넓은 안마당을 빙 돌아 길게 줄을 선 사람들 모습이 높은 철조망 담을 따라 이어져 있는 걸 멀리에서도 볼 수 있었다. 아기를 등에 포대기로 업은 여자들이 많았다. 금광에서 일하기 위해 통행증에 도장을 받으려고 시무룩한 표정으로 기다리고 있는 남자들도 있었다. 새뮤얼과 룩스마트도 맨 뒤에 줄을 섰다.

네 시간 후에 흑인 직원이 두 형제를 좁은 대기실로 데려갔다.

"여기서 부를 때까지 기다려라. 감독관님께선 지금 휴식 중이시다."

직원이 명령했다.

30분이 지나자 직원이 다시 돌아와 손짓으로 새뮤얼과 룩스마트를 불렀다. 둘은 잔뜩 긴장한 채 직원을 따라 어두운 복도를 걸어갔다. 흑인 직원은 유리문 앞에 멈춰 서서 공손하게 문을 두드렸다. 안에서 소리가 들리자 흑인 직원은 문을 열고 새뮤얼과 룩스마트를 시가 담배 연기 냄새가 지독하게 나는 밝은 사무실 안으로 데리고 들어갔다.

사무실 책상 뒤에는 끝이 누렇게 물든 흰 콧수염을 군대식으로 기른 나이 많은 백인 남자가 앉아 있었다. 그 백인은 반달 모양의 안경을 낀 채 서류들을 살펴보고 있었다. 얇고 창백한 입술엔 로봇에게서 나오는 광선처럼 빨간불이 번쩍이는 두꺼운 시가 담배를 물고 있었다.

고개도 들지 않고 백인 남자가 말했다.

"저기 존이 너희가 통행증을 등록하고 싶어 한다던데…. 이건 너희 부모 서류들이 맞지?"

"네, 감독관님. 어제 총격으로 돌아가셨습니다."

룩스마트가 온순하게 대답했다.

"폭도였군."

"무슨 말씀이신지요, 감독관님?"

룩스마트가 물었다.

"너희 부모가 폭동 중에 총을 맞았단 말이다."

"아닙니다, 감독관님! 폭동과는 상관없는 분들이에요. 그냥 구경 중이셨어요."

룩스마트가 흥분해서 반박했다.

감독관 얼굴이 연한 장밋빛에서 핏빛 붉은색으로 변했다.

"쓸데없는 소릴 지껄이지 말거라, 이 꼬마 녀석! 어젠 폭도들만 총에 맞았다. 알겠나?"

룩스마트는 혀를 깨물며 애써 말을 참았다.

문 쪽을 바라보며 감독관이 흑인 직원에게 소리쳤다.

"존, 남자 파일을 가져와. 빨리!"

직원은 놀란 토끼처럼 얼른 일어나 서류 서랍을 열었다.

"뭐라고 쓰여 있는 것 말입니까, 주인님?"

"남자, 통행 규제."

"곧 가져가겠습니다, 주인님."

파일을 서랍에서 꺼내며 흑인 직원이 징징거리는 목소리로 말했다. 그러고는 책상까지 급히 걸어와 서류를 감독관 앞에 놓았다.

감독관은 말 한마디 하지 않고 가끔씩 새뮤얼 부모님의 통행증 훑어보며 파일을 검토했다. 감독관은 갑자기 시가 담배를 입에서 꺼내고 고개를 들어 새뮤얼을 손으로 획 가리켰다.

"저 깜둥이 꼬마는 왜 여기 왔지?"

"제 동생입니다."

룩스마트가 대답했다.

"등록되어 있나?"

"네, 감독관님."

"출생증명서와 세례증명서는 어디 있지?"

"집에 있습니다, 감독관님. 아버님께서 하나하나 잘 정리해 놓으셨습니다."

"잘됐군."

새 검은 통행증 위로 몸을 숙이며 감독관은 무슨 글자를 휘갈겨 썼다. 그리고 거기다 도장을 세게 꽝 하고 찍느라 시가 담뱃재가 책상 곳곳에 떨어졌다.

"자, 받아라. 이제 너희가 있어야 할 곳으로 갈 서류가 다 됐다. 반투 홈랜즈로 돌아가거라!"

두 형제는 믿기지 않는 듯 감독관을 빤히 바라보았다.

"하, 하지만 저는 여기서 태어났습니다. 학교도 여기서 다니고요."

룩스마트가 더듬거리며 말했다.

"백인들에게 필요 없는 아프리카 인은 원주민 지역으로 돌아가야 한다. 그게 법이다."

감독관이 짜증을 내고 있는 게 분명해 보였다.

"너와 네 동생은 더 이상 타운십에 필요가 없다. 자, 어서 통행증을 들고 꺼져."

룩스마트는 감독관이 한 말에 정신이 멍해져 가만히 통행증을 받았다. 실수가 있는 게 틀림없었다. 새뮤얼과 룩스마트는 한 번도 홈랜즈 근처에 가 보지 않았다. '홈랜즈'란 말은 새뮤얼에게 타잔 영화에 나오는 장면들을 연상하게 했다. 타잔과 제인은 없더라도 뱀과 불개미들이 가득한 정글, 사자와 코끼리들이 어슬렁거리는 뜨거운 평원, 사나운 원주민과 식인종들. 하지만 백인이 주인인 땅에서 할 수 있는 거라고는 복종밖에 없었다. 어쩔 수가 없었다.

"존, 이 녀석들을 데리고 나가. 다음!"

감독관이 딱딱거리며 말했다.

6

집에 돌아오자, 룩스마트는 아버지가 '보물 상자'라고 부르며 구석에 있는 벽돌 밑에 보관하던 낡고 오래된 시가 담배 박스에서 편지 봉투를 찾아냈다. 그리고 자리에 앉아 아빠의 형, 이름으로만 알던 큰아버지에게 편지를 썼다.

새뮤얼은 우표 살 동전을 들고 이 편지를 인도인 지역에 있는 우체국으로 가져갔다. 우체국장 나이두 씨는 편지의 무게를 재고, 우표를 붙인 후 거스름돈을 건네주었다. 마치 산타 할아버지에게 편지를 부치는 것 같았다. 답장을 받기는커녕 배달될 거라고도 전혀 기대하지 않았다.

하지만 3주 후에 답장이 왔다. 나이두 씨가 편지를 배달하러 직접 큰아버지 집까지 걸어갔다 온 것이다. 답장은 짧았다. 흘려 쓴 굵은 글씨로 단지 이렇게 적혀 있었다.

내 아이들아, 이리로 오렴. 5월 2일 금요일 4시에 음마바토 기차역에서
만나자.

사바타 큰아버지

'만일'이란 말도 '하지만'이란 말도 없었다. 큰아버지에게 가족
은 큰 의미가 있음에 틀림없었다.

떠나야 하는 날까지는 며칠밖에 남지 않았다. 집주인에게 말을 한
뒤, 새뮤얼과 룩스마트는 가져갈 짐들을 보따리 두 개에 쑤셔 넣고
나머지는 모두 팔았다. 이웃들이 침대, 식탁, 의자, 선반 그리고 냄비,
프라이팬, 다리미와 물통 등을 사 갔다. 깔고 자던 매트 두 개만 남아
가족이 함께 살던 집을 기억하게 해 주었다.

물건을 판 돈으로 음마바토로 가는 기차표와 니코데무스가 입원한
병원이 있는 베리니힝으로 가는 버스표를 샀다. 타운십을 떠나기 전
날, 새뮤얼과 룩스마트는 버스를 타고 니코데무스를 보러 갔다. 니코
데무스는 부모님의 죽음도, 나중에 타운십에서 떠나야 한다는 사실
도 알지 못할 것이다. 니코데무스가 괜찮으면 음마바토까지 모두 함
께 갈 수도 있을 것이다. 새뮤얼에게 음마바토라는 말은 머나먼 나라
처럼 들렸다.

하지만 병원에선 나쁜 소식이 기다리고 있었다. 니코데무스는 퇴원할 만큼 건강하지 않았다. 전날 응급수술을 받았다. 새뮤얼과 룩스마트가 병실로 안내되었을 때 니코데무스는 마취에서 막 깨어나고 있었다.

새뮤얼이 지난번 방문했을 때보다 환자들이 많이 줄었다. 복도와 병실엔 부상자들이 꽉 차 있고 어떤 침대에는 아직도 두 명이 함께 누워 있었지만, 이제 정원과 베란다에는 들것이나 침대가 거의 없었다. 니코데무스는 운이 좋은 편이었다. 니코데무스는 긴 병실 제일 끝 창문 밑, 햇빛이 잘 비치는 오목한 공간에 있는 1인용 침대에 누워 있었다. 철제 침대 옆에는 나무 의자도 한 개 있었다. 새뮤얼과 룩스마트는 의자에 같이 걸터앉았다.

병실 담당 간호사는 덩치 큰 흑인 여자로 모든 방문객들에게 불친절했다. 그 간호사는 상하체가 반반처럼 보였다. 상체는 위쪽이 더 뚱뚱해도 그런대로 균형이 잡혀 있었지만, 하체는 찻잔 밑받침처럼 아래로 갈수록 펑퍼짐하게 퍼져 있었다. 두 걸음 옆으로 가고 한 걸음 앞으로 오고…… 걸어 다닌다고 하기보다는 뒤뚱거린다고 표현하는 게 더 적절했다. 간호사 앞을 가로막은 것은 무엇이든 화를 당했다. 모두 쓰레기처럼 쓸려 나갔다. 간호사의 고함은 육중한 몸만큼이나 무시무시했다. 간호사는 새뮤얼과 룩스마트가 방문 시간보다 너무 일찍 왔다고, 병원 안에 지저분한 병균을 들여온다고, 나이가 너무 어리다고, 지나다니는 데 걸리적거린다고 불평해 댔다.

마침내 간호사는 화난 목소리로 작게 말했다.

"충격받지 않게 조심하며 알려 줘. 아직 모르고 있으니까."

새뮤얼과 룩스마트는 간호사가 마치 낡은 공장 기계의 커다란 피스톤처럼 육중한 다리를 움직이며 멀어져 가는 것을 바라보았다.

부모님의 죽음과 형제가 쫓겨나는 것에 대한 소식이 이미 병원까지 퍼졌나 보다. 아니면 간호사가 어떻게 알고 주의를 주겠는가?

니코데무스의 얼굴은 수척하고 거칠어 보였다. 하지만 있을 건 다 제자리에 멀쩡히 있는 것 같았다. 아직 다 낫지는 않았어도 말이다. 니코데무스가 정신을 차리고 형제들을 알아보는 데는 시간이 좀 걸렸다. 니코데무스는 병문안을 위해 광을 낸 구두에 흰 셔츠와 청바지를 말쑥하게 차려입은 깡마른 형을 물끄러미 바라보았다. 그 옆에는 동생이 운동화에 티셔츠를 입고 앉아 있었다.

니코데무스는 한순간 새뮤얼과 룩스마트를 알아본 것 같더니 다시 멍하니 초점을 잃었다.

"룩키 형… 샘….'

마침내 니코데무스가 말했다.

새뮤얼과 룩스마트는 격려하듯 미소를 지었다. 하지만 니코데무스의 다음 말이 두 사람의 얼굴에서 미소를 싹 가시게 만들었다.

"엄마는? 아빠는?"

룩스마트는 돌려 말하지 않았다.

"돌아가셨어. 샐리도. 총에 맞았어."

형의 대답에 니코데무스는 눈을 꾹 감고 줄무늬 있는 회색 베개에서 머리를 꿈쩍하지 않았다. 그러다가 가끔씩 주먹을 쥐었다 폈다 하며 머리를 앞뒤로 마구 흔들고 온몸을 떨어 댔다.

새뮤얼과 룩스마트는 참을성 있게 앉아 니코데무스가 산 사람들의 땅으로 다시 돌아오기를 기다렸다. 니코데무스가 이해하지 못한다면 반투 홈랜즈로 떠날 계획에 대해 이야기하는 것도 소용이 없었다. 마취가 풀리며 니코데무스의 몸 안에 통증이 심하게 퍼지는 것 같았다.

더 이상 침묵을 참을 수 없어서 새뮤얼이 갑자기 큰 소리로 물었다.

"좀 어때, 닉키 형?"

룩스마트가 입술에 손가락을 갖다 대며 주의를 주었다. 니코데무스가 낮게 대답하는 소리를 듣고 둘 다 깜짝 놀랐다.

"다리가 아파."

새뮤얼과 룩스마트는 얇은 갈색 담요를 처음으로 자세히 내려다보았다. 이상했다. 침대 가운데부터 하얀 가로대가 있는 거의 끝까지 의자 다리만큼이나 길게 다리가 불룩 올라와 있었다. 하지만 한쪽만 그랬다. 반대쪽에는 불룩한 것이 넓적다리 중간에서 끝나 있었다. 그리고 그다음에는…… 아무것도 없었다.

새뮤얼과 룩스마트는 어쩌면 침대에 왼쪽 다리를 받치고 있는 장치가 있다고 생각했다. 실제로 다리를 공중에 들어 올리고 있는 환자도, 선반에 내리고 있는 환자도 있었다.

"어느 쪽이 아파, 닉키?"

"왼쪽. 바늘로 찌르는 깃처럼 발가락이 콕콕거려."

새뮤얼은 담요로 덮인 니코데무스 형의 오른발과 왼발 자리에 있는 펀펀한 담요를 번갈아 바라보았다. 그때 병실 간호사가 한 말이 머리에 떠올랐다.

병원에서 니코데무스 형의 다리를 잘라낸 것이다!

룩스마트는 얼굴 표정을 바꾸지 않았다. 하지만 부드럽던 갈색 눈에 괴롭고 힘든 감정이 내비쳤다. 형제애의 무게를 느끼고 있는 게 틀림없었다. 룩스마트나 병실 간호사, 둘 중 한 사람이 사실을 알려 줘야 했다.

"닉키, 용기를 가져. 살아 있잖아. 곧 회복해서 병원을 떠날 거야. 결혼도 하고, 아이도 낳고, 행복하게 살 거야…. 음… 하지만 전과 똑같진 않을 거야. 우리 모두…."

억지로 용기를 내기 위해 룩스마트는 헛기침을 했다.

"닉키, 넌 다리 하나를 잃었어…. 자유를 위해서 말이야."

룩스마트는 동생이 말뜻을 이해할 때까지 기다렸다가 한마디 더 했다.

자유와 잃어버린 다리 사이엔 별로 연관 관계가 있는 것 같지 않았다. 하지만 룩스마트는 계속해서 급히 말을 이어 갔다. 말이 다리 하나로 살아야 하는 동생의 고통을 덜어 줄 수 있다는 듯이. 룩스마트는 머리에 떠오르는 말을 아무거나 다 했다. 경찰과 백인에 대한 분

노와 저주부터 시작해 그날 일어난 사건들의 정리와 추방 명령을 받은 이야기까지.

"네가 다 나으면 모두 만날 거야. 음마바토에 도착하자마자, 소와 염소들에 대해 모두 써 보낼게. 네가 함께 살게 되면 너도 우유와 꿀을 먹어 건강하고 튼튼해질 거야. 그리고 널 돌봐 줄 예쁜 부인을 네 명이나 얻을걸."

룩스마트가 말했다.

니코데무스가 대답하기도 전에 전함 같은 간호사가 저벅저벅 걸어왔다. 새뮤얼과 룩스마트가 이미 수술에 대해 말했다는 걸 알고는 간호사의 기분도 풀어졌다.

"자, 이제 가거라! 방문 시간이 다 됐다. 환자에겐 휴식이 필요해. 썩 꺼져!"

손을 풍차처럼 흔들며 간호사가 으르렁거리듯 말했다.

새뮤얼과 룩스마트는 떠날 기회를 반갑게 받아들였다. 니코데무스의 손을 꼭 잡은 후, 혼자만 남기고 침대 곁을 떠났다.

병동 끝에서 룩스마트는 간호사에게 다가갔다.

"동생을 볼 수 있게 해 주셔서 감사합니다, 간호사님."

간호사는 칭찬에 익숙지 않아 괜히 툴툴거렸다. 그리고 마치 왜 의사들이 그렇게 할 수밖에 없었는지 설명하듯 "괴저병 때문이야." 라고 중얼거렸다. 어깨를 으쓱하며, 간호사는 한마디 더 했다.

"다리 아니면 목숨이었어."

룩스마트는 새뮤얼처럼 자기도 괴저병이 무엇인지 전혀 모르지만 고개를 끄덕였다.

새뮤얼과 룩스마트는 병원 냄새를 내뱉고 신선한 공기를 들이마실 수 있다는 데 안도하며 병원에서 나왔다.

그 후 새뮤얼은 5년이 지나서야 니코데무스 형을 다시 볼 수 있었다.

***

떠나기로 한 날 이른 아침, 새뮤얼과 룩스마트는 역까지 3킬로미터를 걸어갔다. 한 쌍의 떠돌이처럼 어깨에 걸친 나뭇가지에 전 재산을 다 짊어지고 있었다. 동네 끝까지 졸래졸래 따라온 주인 없는 개 두 마리 말고는 마중하는 사람이 아무도 없었다. 동네 끝에서 검은 잡종 개들은 멈춰 섰다. 그리고 엉덩이를 땅바닥에 대고 쪼그려 앉더니 마치 작별인사를 하듯 꼬리로 바닥을 쓸며 언덕 너머로 새뮤얼과 룩스마트가 사라지는 걸 지켜보았다.

두 소년은 타운십을 마지막으로 흘긋 바라보았다. 이른 아침 뿌연 안개 속에, 간간이 보이는 오렌지색 하늘을 배경으로 큰 건물들이 보였다. 지붕이 비스듬히 넓게 펼쳐진 그 건물들은 비현실적이고 거의 낭만적으로 보였다. 새뮤얼은 우울한 기분에 휩싸였다. 이곳이 새뮤얼이 알고 있는 유일한 고향이었다. 다시 볼 수 있을까? 고향의 냄새를 다시 맡을 수 있을까? 수탉들의 울음소리를 들으며 잠에서 깰 수 있을까?

진흙 오두막과 표범 가죽, 부기맨이라는 나쁜 도깨비와 주술사들이 있는 곳을 향하며 룩스마트가 한숨 섞인 목소리로 말했다.

"이만 가자, 샘."

새뮤얼과 룩스마트는 터덜터덜 걸었다. 추방지로. 사바타 큰아버지의 땅으로. 아프리카 사람들이 자치적으로 통치하며 평화롭게 살기로 되어 있는 곳으로. 분홍 피부를 한 백인들이 분홍 코끼리만큼 드문 곳으로. 어쩌면 그렇게 나쁘진 않을 것 같았다.

7

아직 이른 아침이었지만, 기차역은 먼지 묻은 작업복 바지를 입은 노동자들로 바글바글했다. 노동자들은 새뮤얼과 반대쪽 승차장에서 근처 베리니힝과 보이파통에 있는 공장과 금광으로 가는 기차를 타려고 기다리고 있었다. 새뮤얼과 룩스마트는 북서쪽으로 향할 것이다. 먼저 클럭스돕, 음마바토, 그리고 사바타 큰아버지에게로.

타운십 주위만 운행하는 증기기관차에는 사람들이 터질 듯 가득 타고 있었다. 노동자들이 창밖에 매달려 있거나, 기차 지붕에 누워 있고, 아니면 문손잡이나 다른 승객의 등을 꼭 붙잡고 있었다. 기차 안보다 밖에 있는 승객이 더 많은 것 같았다. 개미집에 득시글거리는 개미들 같아 보았다.

기차는 덜커덩거린 후 끼익거리는 바퀴 소리와 함께 기적을 울리며 힘겹게 역을 빠져나갔다. 증기로 이렇게 많은 사람들을 싣고 달릴 수 있는 힘을 만들어 낼 수 있다는 게 기적 같았다.

새뮤얼과 룩스마트는 자기들이 탈 기차가 들어오면 기차에 뛰어올라 흔들거리는 사람들 사이에서 발 디딜 곳을 확보하겠다고 마음을 다잡았다. 하지만 다음 기차를 보고 두 형제는 깜짝 놀랐다. 기차가 들어와 서는데 승강장에는 자기들 말고 남아 있는 사람들이 거의 없었다. 게다가 기차엔 지붕에 누워 있는 사람도 다른 사람의 옷 끄트머리를 잡고 매달려 있는 사람도 없었다.

낡은 기관차가 끄는 연기로 검게 변하고 창문도 없는 더러운 기차가 아니라, 거대한 검붉은 코끼리 같은 기관차가 끌고 있는 아주 화려한 집 같은 기차였다. 마치 고급 리무진 대열처럼 갈색과 미색, 녹색과 흑색, 적색과 흰색 객차들이 번갈아 서서 햇살에 반짝였다.

역무원이 "클럭스돕!" 하고 소리쳤다. 새뮤얼과 룩스마트가 탈 기차였다! 기차 문이 열리자, 새뮤얼이 재빨리 뛰어 올라탔다. 급히 오르느라 새뮤얼은 내리려고 하는 승객들 앞을 가로막았다. 기차 바퀴가 덜커덕거리며 끼익 하는 소리 위로 역무원이 뭐라고 소리쳤지만 새뮤얼은 정확히 알아듣지 못했다.

객실 안으로 들어가자마자 새뮤얼은 자신의 실수를 알아챘다.

백인 객차였던 것이다.

흑인 소년이 나타나자 기차에서 내리려고 하던 두 백인 중년 부인이 깜짝 놀라 발작한 것처럼 비명을 질렀다. 이 부인들이 비명을 지르자 흑인 역무원이 한 손으로는 빨간 깃발을 흔들고 다른 손으로는 호루라기를 잡고 승강장을 급히 달려왔다. 역무원은 온 힘을 다해 호루라기를 불고 있었다.

"저리 꺼져, 이 깜둥이 자식! 글도 읽을 줄 모르는 거냐? 백인 칸이라는 글자 안 보여!"

역무원이 소리쳤다.

빨리 타려다 새뮤얼이 객차 앞에 붙은 표시를 보지 못한 것이다. 실수를 깨달고 새뮤얼이 뒷걸음질 치려고 했다. 하지만 봇짐을 묶은 나무 막대가 객실 문틈에 끼어 아무리 잡아당겨도 빠지지 않았다.

기차를 한 번도 못 타 봤고, 기차에선 흑인밖에 본 적이 없기에, 새뮤얼은 백인들도 기차를 타고 여행하리라고는 한 번도 상상해 본 적이 없었다. 백인들은 늘상 자동차를 타고 다닐 거라고 추측했다.

"내리라고 했잖아, 이 깜둥이 자식아!"

귀에다 대고 소리를 쳐 대며 역무원은 새뮤얼의 목덜미를 잡아 기차 밖으로 집어 던졌다. 나무 막대가 둘로 부러지며 새뮤얼은 뒤로 굴러 떨어졌다. 룩스마트가 잡지 않았다면 머리를 아스팔트에 부딪칠 뻔했다.

말썽꾼이 사라지자마자 역무원은 놀라 정신이 반쯤 나간 백인 부인들에게 관심을 돌렸다.

"죄송합니다, 마님. 꼬마가 실수를 했어요. 글을 읽을 줄 모른대요. 용서해 주세요, 마님. 그 깜둥이 꼬마 자식이 백인 객차인 줄 몰랐대요."

역무원이 비굴한 목소리로 말했다.

새뮤얼은 역무원이 흰 장갑을 낀 손으로 기차 계단을 문질러 닦는 걸 못 믿겠다는 듯 바라보며 서 있었다. 계단을 닦는 동안 역무원은 계속 염소가 울듯 힘없는 목소리로 "죄송합니다, 마님. 죄송합니다, 마님." 하고 중얼거렸다.

두 중년 백인 부인은 아직 검은 악마가 자기들 객차에 뛰어든 것에 충격을 받았지만 최대한 고상한 자세로 계단을 내려왔다. 여자 승객들이 떠나자마자 역무원은 새뮤얼과 룩스마트 쪽으로 다시 몸을 돌렸다. 비굴하던 목소리가 갑자기 고함으로 바뀌었다.

"왜 백인 객차에 올라탄 거냐? 점잖은 손님들에게 잔뜩 겁을 주며 말이다. 너희들을 체포할 수도 있어! 깜둥이 자식들은 도대체 어디서 뭘 배우는 거야? 너희들 색맹이야? 백인 객차와 흑인 객차를 구별하지 못해? 기차 뒤쪽으로 가! 그리고 앞으로 꼭 먼저 표시판부터 읽어라. 유럽인 칸, 비유럽인 칸, 백인 칸, 유색인 칸. 표시판은 장식으로 붙여 놓은 게 아니야!"

역무원은 혹시나 구경하고 있을지도 모를 백인들에게 좋은 인상을 심어 주려고 팔을 마구 흔들어 대며 소리쳤다.

기차 끝 유색인 객차에서 새뮤얼과 룩스마트는 나이 든 아주머니와 말쑥하게 차려입은 젊은 남자의 맞은 편에 놓인 좁은 나무 좌석에 끼어 앉았다. 한밤중처럼 새까만 아주머니는 뚱뚱한 몸으로 자리를 거의 다 차지하고 앉아서 입담배를 씹으며 새같이 날카로운 눈으로 주위를 쏘아보고 있었다.

남자는 체격이 마른 편이었고, 피부는 윤이 나는 호두같이 옅은 갈색이었다. 수염도 깨끗이 잘랐고 어둡고 가는 세로 줄무늬 정장에 검은 테 안경을 쓰고 있었다. 그 남자는 무릎에 두꺼운 책을 펼쳐 놓고 있었지만 앞에 막 앉은 아이들이 바라보느라 잠시 책 읽는 걸 멈췄다.

사람들 모두가 기차역에서 벌어진 소동을 본 게 틀림없었다. 새뮤얼은 몸을 어떻게 해야 할지 몰랐다. 룩스마트 형의 어깨에 딱 달라붙어 최대한 조그맣게 보이려고 했다. 몇 분 사이에 새뮤얼은 전과 전혀 다른 방식으로 아파르트헤이트를 경험했다. 여러 인종의 세계로 발을 들여놓으며 흑인이란 것이 어떤 의미인지 알게 되었다. 말할 수 없이 혼란스러웠다. 창피함을 느껴야 할까, 아니면 분노를 느껴야 할까? 뚱뚱한 아주머니는 마치 벌레 먹은 사과를 씹은 듯한 표정을 하고 있었다. 그리고 바로 새뮤얼이 벌레였다!

기적이 울리고 기차가 앞으로 움직이자 아주머니는 다시 입담배를 씹어 댔다. 턱이 기차의 리듬에 따라 위아래로 점점 더 빨리 움직였다. 그러다 갑자기 씹는 걸 멈추더니, 의심스러운 눈빛으로 새뮤얼을 쳐다봤다.

"너, 말썽꾸러기구나?"

아주머니가 귀에 거슬리는 쉰 목소리로 말을 걸었다.

아주머니는 질문을 던지고 나서, 기차의 흔들거림에 맞춰 계속 입담배를 씹었다. 덜커덕, 덜커덕, 덜커덕.

"아니에요, 전 말썽꾸러기가 아니에요."

새뮤얼은 자신이 결백하다고 불쑥 말하고는 고개를 푹 숙였다.

"넌 세상 돌아가는 걸 알기엔 너무 어려."

아주머니는 새 입담배의 끝을 누런색 이빨로 물어뜯느라 잠시 말을 멈췄다가 계속 이야기했다.

"우리는 우리 세계에 살고 있고, 백인들은 백인들 세계에 살고 있어. 우린 백인들의 하인이야. 백인들은 주인이고. 알겠니? 우리가 좋아하든 싫어하든 말이야."

아주머니는 창문을 열고 검고 누런 액체를 길게 찍 뱉었다.

하지만 아주머니 말은 아직 끝나지 않았다.

"흑인과 백인은 따로 산다. 늘 그래 왔고, 앞으로도 그럴 거야. 그게 백인들이 원하는 거지. 그대로 복종해야 된다. 알겠니?"

아주머니가 말하는 동안, 옆에 앉은 남자는 무언가 불편해 보였다. 남자는 안경을 벗고 반쯤 몸을 돌려 앉았다. '복종'이란 말이 남자를 자극한 것이다.

남자가 공손하게 말했다.

"아주머니, 꼭 그럴 필요는 없어요. 어쩌면 과거에는 그랬지요. 하지만 새로운 세대의 아프리카 인들이 자라고 있어요. 학교도 가고 의문을 가질 정도로 세상에 대해서도 잘 알지요. 어떤 사람들은 백인들이 장화로 짓밟도록 가만있을 준비가 되어 있지 않아요."

새뮤얼은 부드럽게 말하는 남자를 자세히 살펴보았다. 그 남자는 타운십에서 일하는 노동자들과 달라 보였다. 그리고 유색인 사무원이나 인도계 상점 주인들과도 같아 보이지 않았다.

"총격 사건 현장에 있었어요."

새뮤얼이 중얼거렸다. 그러자 아주머니가 끙 앓는 소리를 냈다.

"내 말이 바로 그거야. 백인들은 총을 가지고 있어. 우리가 총에 대항해 무엇을 할 수 있겠니?"

"죄송하지만 제가 좀 말해도 될까요?"

젊은 남자가 끼어들었다.

"우리는 이번 사건에서 교훈을 얻어야 합니다. 이게 전환점이 될 수 있어요. 이제 반격을 시작할 때가 되었어요."

아주머니가 입담배를 더 빠르게 씹다가 갑자기 딱 멈추었다.

"아, 그래? 백인들을 창과 몽둥이로 공격하자고? 불쌍한 아이들을 죽게 만드는 게 당신 같은 선동가들이야."

아주머니가 빈정거렸다.

"맞아요, 아주머니. 할 수 있다면 유혈 사태를 막아야지요. 하지만 우리 스스로를 방어해야 해요. 우리도 나라 밖에 있는 친구들로부터 총을 구할 수 있어요. 백인들의 무기 저장고를 습격할 특공대를 짤 수도 있고요. 하지만 총이 없으면 우리 자신을 방어할 방법이 없지요."

남자가 차분하게 대답했다.

룩스마트의 눈이 반짝 빛났다. 그 남자의 말에 동생 새뮤얼보다 훨씬 더 흥분했다. 바로 그때 기차표를 검사하는 흑인 승무원이 담배를 입에 문 연갈색 머리의 작달막한 백인 경찰과 함께 중앙 통로를 따라 걸어왔다. 새뮤얼은 잠시 겁을 먹으며 그 경찰이 자기를 잡으러 왔다고 생각했다.

"기차표와 통행증!"

흑인 승무원이 소리쳤다.

옆에 앉은 남자가 정장 속주머니에 손을 집어넣는 동안 아주머니는 몸을 숙이고 요란한 소리를 내며 발밑에 있는 천 가방을 뒤졌다. 룩스마트도 통행증과 기차표를 보일 준비를 했다.

"클럭스돕에 가는 길인가?"

경찰이 세 사람 모두에게 물었다. 하지만 아주머니가 혼자서 급히 대답했다.

"아들을 보러 갑니다, 주인님. 거기서 일하고 있어요. 착한 아이예요."

"착한 게 확실한가?"

백인이 목소리를 높이며 말했다. 겁먹은 아주머니에게 자신의 힘을 과시하고 있는 게 분명했다.

"네, 네, 물론입니다, 주인님. 나의 백인 주인님, 물론입니다. 걔는 백인 가족을 위해 정원 일을 하고 있습니다. 나쁜 짓은 안 합니다, 주인님."

"이 푸른 초원에서 살았던 부족들을 좀 생각해 봐! 그 사람들의 피와 뼈가 이 흙을 만들었어. 흙이 붉은 것도 당연하지!"

기차가 칙칙거리며 천천히 마페킹으로 들어가는데 주변 경관에 뚜렷한 변화가 보였다. 마치 작은 산과 만난 커다란 양탄자의 끝에 도착한 것 같았다. 산마루 반대편의 누런 갈색 땅엔 바람을 피하고 있는 빼빼 마르고 배고픈 사람들처럼 그저 가끔씩 포플러 나무들이 군데군데 모여 있었다.

"다음 정거장은 음마바토! 종착역!"

승무원이 소리쳤다.

기찻길의 끝이자 남아프리카공화국의 끝이었다. 새뮤얼은 나라의 끝에서 절벽으로 뚝 떨어지거나, 바다나 깊은 심연으로 굴러떨어지는 걸 상상했다. 물론 새뮤얼도 유럽 사람들이 건너온 먼 영국이나 네덜란드에 대해서 들어 보았다. 하지만 새뮤얼은 어린 생각에 그런 나라도 바다로 허물어져서 사람들이 배를 타고 아프리카로 건너왔다고 상상하곤 했다.

새뮤얼이 어리둥절한 표정으로 얼굴을 찌푸리는 것을 보고 룩스마트가 설명했다.

"이제 국경선 근처에 왔어. 그다음은 보츠와나야. 남아프리카공화국을 떠나도 된다고 해도 보츠와나에 가고 싶지는 않을 거야. 대부분 사막이거든. 칼라하리사막."

"그래? 세상에!"

창밖으로 보이는 메마르고 누런 옥수수색 풍경과, 모래흙에 억세게 달라붙어 있는 뻣뻣한 관목들을 날려 보내려고 붉은 먼지가 그 주위를 맴도는 것이 이해되었다.

새뮤얼은 이리저리 이동하는 모래 먼지를 불안하게 바라보며 누가 이런 곳에 살 수 있을까 궁금했다. 하지만 기차가 종착역에 들어가고 있어서 상상할 시간은 오래 없었다. 국경 지역이기 때문에 음마바토는 도시라기보다 지프차와 소형 짐차가 먼지구름을 일으키며 기찻길을 따라 난 길을 달리는 군사 요새에 더 가까웠다.

기차역은 군인들로 꽉 차 있었다. 군인들이 거기서 무엇을 하고 있는지는 아무도 몰랐다. 아프리카 사람들이 내리는 것을 막는 건가, 아니면 타는 걸? 아니 어쩌면 굶주린 사자들을 막기 위해 있는지도 몰랐다. 하지만 어떤 동물이 맨정신으로 아파르트헤이트의 나라에 오고 싶어 할까?

검은 코뿔소들은 왼쪽, 흰 코뿔소들은 오른쪽. 유색 기린들은 중간 줄로 가 주십시오!

새뮤얼과 룩스마트는 누가 자기들을 마중 나왔는지 전혀 알지 못했다. 자기들을 쉽게 알아볼 수 있겠지? 둘은 기차역을 두리번거린 후 햇살이 비치는 역 앞 도로로 나와 마중 온 사람을 찾길 기대하며 길 양쪽 방향을 바라보았다.

새뮤얼과 룩스마트가 길옆에 서 있는데 철거덕, 끄르륵, 웅웅, 팡, 펑, 딱 하고 엄청나게 끔찍한 소음이 들렸다. 소리 나는 쪽을 바라보자 거대한 검은색 롤스로이스가 두 형제를 향해 다가오고 있었다.

부드럽게 움직이거나 멋진 롤스로이스가 아니었다. 차는 털털거리고 쿨룩거리면서 가다 서다를 반복하며 앞으로 움직였다. 놀랍게도 그 이상한 차는 새뮤얼과 룩스마트 바로 앞에 멈춰 섰다. 그리고 운전석 문이 활짝 열리더니 난생 처음 볼 정도로 괴상한 옷을 입은 사람이 차에서 내렸다.

그 사람은 가운데가 높은 실크 모자를 쓰고, 풀을 먹여 깃을 빳빳이 세운 옷에 넥타이를 매고, 뒷자락이 긴 정장 웃옷과 줄무늬 회색 바지를 입은 몸집이 딱 벌어진 아프리카 사람이었다. 발에는 스패츠로 장식을 한 반짝반짝하는 검정 구두를 신고 있었다. 그 사람은 셜록 홈즈같이 파이프 담배를 피우며, 퍼런 담배 연기를 입 양쪽 끝으로 내뿜었다. 그리고 끝 부분에 백조 모양 장식을 한 흑단 나무 지팡이에 몸을 기댄 채 새뮤얼과 룩스마트를 향해 파리채를 흔들어 댔다.

새뮤얼과 룩스마트는 이 사람이 신분 높은 부족장이나 왕일 거라고 생각했다.

"잘 왔다!"

그 사람이 목 뒤쪽에서 나오는 것 같은 목소리로 외쳤다.

사바타 큰아버지?

그 사람은 담배 파이프를 입에서 꺼낸 후 한쪽 귀에서 다른 쪽 귀까지 찢어지게 큰 웃음을 지으며 다시 말했다.

"환영한다, 내 아이들아. 만나서 아주 반갑구나. 이리 따라오렴."

파리채를 휘두르며 큰아버지는 리무진을 가리켰다.

이 사람이 정말 아빠의 형이란 말인가?

새뮤얼과 룩스마트는 무릎 위에 봇짐을 올려놓고 뒷좌석의 찢어진 은회색 가죽 시트에 앉았다. 좌석이 푹신한데도 큰아버지가 운전하는 차는 너무 요동치고 흔들려 머리털이 곤두설 정도였다. 도시를 벗어나자 차는 집이나 농장이 하나도 보이지 않는, 피같이 붉은 사바나 지역을 가로질러 몇 킬로미터고 흙길과 푹 파인 도로를 따라 달렸다.

'반투 홈랜즈'라고 쓰여 있는 표지판을 지나가자 사람들이 사는 흔적이 겨우 보였다. 나무 기둥으로 받친 원뿔 모양의 밀집 지붕 오두막들이 벌집처럼 모여 있는 마을이었다. 연기가 지붕 꼭대기에 있는 구멍에서 하늘로 뭉게뭉게 피어올랐다. 진흙으로 지어진 오두막엔 창문도 없고, 출입구는 아주 낮아서 드나들려면 몸을 굽혀야 했다.

맨발의 남자아이와 여자아이들이 뛰어나와 깡충깡충 뛰며 휙 지나가는 차에 대고 소리쳐 인사했다. 여자들은 미소를 짓고 손을 흔들며 길가에 서 있었다. 여자와 아이들은 모두 연한 황갈색이나 녹처럼 붉은 다양한 음영의 황토색으로 물들인 담요 같은 옷을 입고 있었다. 어떤 여자들은 우물에서 들통에다 물을 길어 오고 있었다.

유칼립투스 나무 그늘에 앉아 있는 이빨 빠진 노인 몇 명을 빼고 남자들은 하나도 보이지 않았다. 룩스마트가 그 이유를 묻자, 큰아버지는 "마을 남자들은 리프 금광에서 일하고 있다. 남자들은 땅을 갈고 씨앗을 뿌리기 위해 일 년에 두 번 돌아오지." 하고 대답하며 고개를 돌려 룩스마트에게 의미 있는 윙크를 했다.

새뮤얼과 룩스마트는 깜짝 놀랐다. 그러니까 부인과 아이들은 남편과 아빠를 일 년에 겨우 두 번밖에 보지 못하는 것이다.

자동차는 좀 더 커다란 마을에 있는 작은 초등학교 건물들을 지나갔다. 골이 진 철판 지붕에 벽돌로 대충 만든 건물들. 밖에 걸려 있는 커다란 흰 목판에 반투 초등학교라고 쓰여 있어서 간신히 학교 건물인지 알 수 있었다. 건물에는 아무도 보이지 않았다. 어쩌면 오늘이 휴일일 수도 있었다. 아니면 건물은 그냥 전시용이고, 마을에 사는 사람들 중에 글을 읽거나 쓸 줄 아는 사람이 없을지도 몰랐다.

늦은 오후, 차가 골짜기 아래로 내려갔다가 반대편으로 올라오자 멀리 다른 마을이 보였다. 큰아버지는 마치 '집에 다 왔구나.' 라고 하는 것처럼 말없이 당당하게 담배 파이프로 앞을 가리켰다.

하얀 석회로 칠하고 사방에 화려한 정원이 있는 집이 열 채 정도 보였다. 집 주위를 빙 둘러 복숭아나무와 배나무가 심어져 있었다. 그리고 하얀 정원 울타리 안에는 금잔화들이 줄을 맞추어 잘 가꾸어진 잔디 주위에 심어져 있었다.

두 형제는 큰아버지가 가장 큰 집 앞에 차를 세우는 것을 감탄하며 바라보았다. 큰아버지는 경적을 길고 크게 울렸다. 그러자 갑자기 어디선가 낡은 양복을 입은 열두 명의 남자들이 불쑥 나타났다. 이 남자들은 좁은 챙이 말려 올라간 서양식 모자를 벗어 들고, 낮게 허리를 굽혀 인사하며 일제히 외쳤다.

"족장 만세!"

큰아버지는 엄숙한 표정을 지으며 차에서 내려, 천천히 몸을 쭉 편 다음 정장에서 먼지를 가볍게 털었다. 그리고 담배 파이프에 다시 불을 붙여 몇 모금 빤 뒤 주위를 천천히 둘러보았다. 마치 근위병을 점검하는 지휘관처럼 큰아버지는 줄지어 서 있는 남자들 앞을 지나갔다.

그러니까 족장이 두 형제의 새아버지이자 보호자, 멘토였다. 새뮤얼과 룩스마트는 운이 좋았다. 다른 사람들보다 훨씬 신분 높은 족장이 아버지의 형이었기 때문이다. 큰아버지인 족장은 그곳 원주민 지역과 지평선까지 눈 닿는 곳 모두를 다스리는 지도자였다.

하지만 새뮤얼과 룩스마트는 큰아버지의 영토가 그 땅을 더 이상 필요 없다고 여긴 백인들이 내준 거라는 사실을 곧 알게 되었다. 백인들은 낡은 롤스로이스, 실크 모자와 뒷자락이 긴 정장 웃옷도 큰아버지에게 공짜로 주었다. 이것들은 마치 장의사가 내다 버린 것처럼 보였다.

나중에 큰아버지는 자신이 소년일 때 선교 단체에서 운영하는 학교에서 교육을 받았으며 영국 옥스퍼드 대학에서 공부할 수 있도록 장학금을 받았다고 설명했다. 하지만 새뮤얼과 룩스마트는 큰아버지가 필요할 때만 영국 신사 행세를 한다는 것을 알아챘다. 열 채의 동그란 집들에는 큰아버지가 대가족으로 생각하는 아내와 아이들이 살았다. 이제 새뮤얼과 룩스마트도 그 대가족의 일원이 될 것이다.

큰아버지는 몸을 숙이며 룩스마트를 어두운 원형 오두막집 안으로 데리고 갔다. 그리고 새뮤얼은 다른 집으로 데려갔다. 그 집에는 나뭇가지 위에 진흙을 바른 벽을 따라 열두 개의 휴대용 침구가 지푸라기를 깐 딱딱한 바닥 위에 가지런히 놓여 있었다.

거기서 새뮤얼은 프리실라 큰어머니를 만났다. 큰어머니는 덩치가 크고 사납게 생겼지만 큰아버지 앞에선 바닥만 내려다보며 얌전히 있었다. 새뮤얼에게는 거의 눈길조차 주지 않았다.

"새 아들을 소개하겠소. 잘 가르치시오."

큰아버지가 쩌렁쩌렁 울리는 소리로 말했다.

큰아버지는 이렇게 말하고는 새뮤얼을 무서워 보이는 큰어머니에게 남기고 밖으로 나가 버렸다. 큰아버지가 나가자마자 바로 괴물같이 무서워 보이던 큰어머니가 반짝이는 눈에 커다랗고 빛나는 이빨이 많은 상냥한 요정으로 변했다. 큰어머니는 몸을 흔들며 팔을 활짝 벌렸다.

"이리 오렴, 얘야. 환영한다."

새뮤얼은 큰어머니의 부드러운 품에 푹 안겼다. 숨을 돌리려 포옹에서 빠져나오자 큰어머니는 낄낄대며 말했다.

"두목 행세를 하는 늙은이에게 신경 쓰지 않아도 돼. 규칙 세 개만 잘 지키거라. 열심히 일하고, 영혼을 존중하고, 족장에 복종하는 것. 이것들만 잘 지키면 아무 문제 없이 지낼 수 있을 거야. 자, 이제 네가 할 일들을 알려 주마. 여기서 남자아이들은 사냥을 해. 토끼, 멧돼지,

작은 영양, 타조 같은 걸 잡지. 그리고 자칼, 여우, 들쥐같이 나쁜 짐승들도 잡고, 거미나 뱀, 전갈 같은 것들을 잡아서 집을 지킨단다."

"여자아이들은요?"

새뮤얼이 물었다.

큰어머니가 쉿 하고 입에 손가락을 갖다 댔다.

"질문하는 건 도시 습관이야. 여기선 혀를 살랑거리느라 시간을 낭비하지 않아. 우린 눈과 귀와 코를 사용해. 그게 우리가 배우는 방식이야. 하지만 이번 한 번만 이야기해 주마. 여자아이들은 여자아이들 일을 해. 염소와 소의 젖을 짜고, 엄마들과 함께 밭에서 괭이질을 하고, 씨앗을 심고, 물을 주고, 먹을 뿌리를 캐고, 닭에게 모이를 주고, 곡식을 찧지."

큰어머니가 새뮤얼에게 집안 구석구석 안내해 주는 걸 마치자 땅거미가 내렸고, 새 형제들이 집으로 돌아왔다. 모두 아홉 명의 소년 소녀들이 다 모이자, 큰어머니는 새뮤얼을 소개시켜 주었다.

"이 아이가 너희들의 새 형제다."

여자아이들이 궁금한 듯 살짝 쳐다보았지만 정말 아무도 질문을 하지 않았다. 새뮤얼은 열한 살짜리 제이콥과 열세 살짜리 기드온 사이에서 자게 되었다. 기드온은 새뮤얼에게 영혼들에 대해서, 또 나쁜 영혼과 싸우는 방법에 대해서도 모두 알려 주었다. 낮은 목소리로 기드온이 설명했다.

"만약 한밤중에 지붕에서 이상한 소리가 들리면 그건 발로이야.

발로이는 벌거벗은 채 개코원숭이의 등을 타고 다녀. 조심하지 않으면 자는 사이에 발로이가 피를 다 빨아 먹어 버려.”

“우와!”

새뮤얼이 외쳤다.

“그리고 식콜로쉬스도 있어. 식콜로쉬스는 개코원숭이처럼 얼굴이 완전히 납작하고 털이 많은 조그만 괴수인데 꼬리가 길어.”

기드온은 입을 손으로 가리고 조그만 소리로 속삭였다.

“게다가 고추도 길어서 어깨 뒤로 넘기고 다니지.”

“와, 세상에!”

새뮤얼이 다시 소리를 질렀다.

“족장님만 조상님들의 영혼과 이야기할 수 있어. 조상님들의 영혼은 우리가 나쁜 영혼과 괴물들을 물리칠 수 있도록 도와주지. 족장님은 우리 주술사야.”

기드온이 계속 알려 주었다.

새뮤얼은 더 이상 아무것도 묻지 않았다. 하지만 새뮤얼은 그날 밤 자신의 새 가족이 염소의 간과 심장을 문 밖에 파묻는 걸 보았다. 그 매력적인 제물은 아침이 되자 사라졌고, 기드온이 행복한 미소를 지었다.

“봐, 영혼들이 우리 선물에 기뻐하고 있어.”

9

룩스마트는 큰아버지의 도움으로 오래지 않아 마을을 떠났다. 열여섯 살이 되면 소년은 하룻밤 사이에 어른이 되었다. 그리고 모든 면에서 삶이 갑자기 변했다.

몸이 건강한 남자들은 모두 크라운 금광에 보내졌고, 큰아버지는 다른 족장들처럼 장려금 명목으로 돈이나 금을 받았다. 그래서 도착한 지 한 달도 되지 않아 룩스마트는 다시 황금빛 도시 요하네스버그가 내려다보이는 산등성이까지 기차를 타고 떠났다. 룩스마트는 그곳에 있는 크라운 금광 3번 현장 사무실에서 일하기로 되어 있었다. 룩스마트는 흑인에게 드문 자질인 글을 읽고 쓸 줄 알았기 때문에, 금광 전체에서 흑인에게 가장 편한 업무인 사무직 일을 보게 되어 있었다.

룩스마트는 괜찮은 직장을 잡고, 사장은 낮은 임금으로 교육받은 일꾼을 쓰고, 큰아버지는 평소대로 장려금을 받을 것이다. 새뮤얼은 형이 부러웠다. 황금에서는 엄청난 매력이 풍겼다. 새뮤얼은 금을 캐는 곳이 태양을 받아 반짝거리고 빛나는 탁 트인 공간에 있을 것이라고 상상했다. 금광 옆으로는 태양까지 닿을 만큼 높은 탑들이 있는 황금색 궁전이 있을 것이다. 그리고 광부들은 신선한 공기를 마시며 자유 시간에 멋진 도시에서 봉급으로 받은 돈을 쓸 수 있을 것이다. 사는 곳도 언덕에 세워진 넓은 아파트일 거라고 생각했다.

새뮤얼의 상상은 완전히 틀렸다.

***

시간이 흘렀다. 새뮤얼은 공부를 계속하고 싶었지만, 큰아버지는 가족과 부족 사람들이 책을 가까이 하지 못하게 했다. 당분간은 초원이 새뮤얼의 학교이고, 양과 염소들이 급우였다.

새뮤얼은 곧바로 학교를 다녀야만 무언가 배우는 게 아니라는 것을 깨달았다. 새뮤얼은 양을 치는 초원 지역의 경치, 소리, 냄새 들을 통해 많을 것을 배웠다. 나무들이 움푹 들어간 곳에 있는 벌집에서 야생 꿀을 모으고, 배탈이 나지 않고 먹을 수 있는 달콤한 열매와 뿌리를 찾고, 암양의 젖통에서 따뜻하고 부드러운 우유를 바로 짜 먹고, 맑고 시원한 시냇물에서 벌거벗고 수영하고, 노끈과 날카로운 철사 조각으로 물고기를 잡는 방법을 배웠다. 물론 큰 독사나 치명적인 맘바(맹독을 지닌 뱀의 한 종류)를 멀리 피하는 것도 배웠다.

새뮤얼은 초원의 넓게 트인 공간들을 사랑하게 되었다. 초원은 아득히 멀리, 지평선 너머까지 무한정 계속되었다. 대자연은 훌륭한 선생님이었다. 마을에서의 생활도 행복했다. 전에 살던 타운십과는 다르게 여기선 모두가 하나의 대가족이었다. 큰아버지의 부인들 하나하나가 새뮤얼의 어머니였고, 아이들은 모두 형제고 자매였다. 그리고 큰아버지는 족장이면서 새뮤얼의 아버지였다.

큰아버지는 건강에 무척 신경을 쓰는 사람이었다. 매일 새벽 아이들을 뒤에 세우고 초원으로 달려갔다. 다른 아이들같이 새뮤얼도 맨발로 딱딱한 모래흙 위를 달렸다. 새뮤얼은 기드온이 이끄는, 좀 더 어린아이들이 있는 두 번째 무리에 배정되었다. 하지만 열두 살쯤 되었을 때, 새뮤얼은 어린아이 무리를 떠나 큰아버지와 보조를 맞추어 달렸다. 하지만 절대로 앞지르려 하지 않고 큰아버지 뒤에서 적당한 거리를 지켰다.

새뮤얼은 달리기를 잘했다. 마음만 먹으면 누구든 앞지를 수 있다는 것을 알았다. 숨이 찬 큰아버지가 타운십 기차역의 낡은 증기기관차처럼 숨을 헐떡일 때도 새뮤얼은 마치 날개를 달고 있는 것같이 느꼈다. 새뮤얼은 자기 몸은 대장장이가 강철로 만든 것 같다고 생각하기 시작했다. 약한 불길을 맹렬한 화염으로 타오르게 하는 것처럼 심장이 피를 발끝에서 머리끝까지 뿜어 올렸다. 발은 대장간 망치가 모루를 치듯 땅을 세차게 때렸다. 가끔 새뮤얼은 끝없이 달릴 수 있을 것 같다고 생각했다. 바람보다 더 빨리, 태양이 하늘을 여행하는 것보다 더 멀리.

새뮤얼은 마을 옆을 흐르는 시냇물에 몸을 씻은 다음, 아침을 먹고, 양과 염소 떼가 있는 곳까지 10킬로미터 정도를 달리곤 했다. 양과 염소 주위를 맴도는 하이에나나 프레리도그를 뒤쫓아 지쳐 나자빠지게 만들기도 했다. 새뮤얼은 뱀과 전갈이 겁먹고 도망치도록 길이 없는 곳에서 달리는 것도 좋아했다. 함성을 지르고 휘파람을 불며 작은 사슴이나 큰 영양을 쫓기도 했다. 초원에서 근처 몇 킬로미터 안에는 아무도 살지 않았고, 새뮤얼은 완전히 혼자였다.

하지만 어느 날 새뮤얼은 겁 없이 굴다가 비싼 대가를 치를 뻔했다. 저녁때 집으로 돌아가다가 새뮤얼은 들소 한 무리가 풀을 뜯어 먹고 있는 걸 보았다. 날카롭고 울퉁불퉁하고 비틀린 뿔이 넓은 이마 양옆에 난 커다랗고 시커먼 짐승이었다. 새뮤얼은 장난을 칠 생각으로 무리 한가운데에 전속력으로 달려들어 들소들을 놀라게 했다.

하지만 너무 건방지게 굴다가 새뮤얼은 작은 돌에 걸려 그만 바닥에 굴러 자빠졌다. 빨리 일어나려고 하는데 오른쪽 발목이 뭔가에 찔린 듯 아팠다. 그 발목에 전혀 힘을 실을 수 없었다.

백 걸음 정도 떨어져 있는 돌담까지 절뚝거리며 가고 있는 새뮤얼을 향해 들소 예닐곱 마리가 고개를 숙인 채 뿔을 앞으로 내밀고 천천히 다가왔다.

한 걸음 한 걸음이 엄청나게 고통스러웠다. 다친 발목에서 천이 찢어지는 것 같은 소리가 났다. 돌담까지 갈 수 있을까? 간다고 한들 소용이 있을까? 도망갈 곳도 없이 돌담에 딱 달라붙어 있게 될 텐데.

다가오던 들소들이 앞발로 땅을 차며 갑자기 멈췄다. 새뮤얼은 잠시 들소들이 자기를 그냥 놔두기로 결정한 거라고 생각했다. 하지만 아니었다. 주위를 맴돌던 들소들이 옆으로 비켜서며 대장 들소가 침입자를 상대할 수 있게 공간을 열어 주었다. 그사이 새뮤얼은 돌담에 도착했고 다행히도 삐쩍 마른 자기 몸을 겨우 숨길 정도로 좁은 틈을 발견했다.

영혼들에게 그렇게 열심히 빈 것은 처음이었다. 영혼들이 기도를 들어주었는지 새뮤얼은 결코 알 수 없었다. 하지만 어느 정도는 들어준 것 같았다. 왜냐하면 새뮤얼이 숨은 곳까지 들소의 거대한 뿔이나 발이 닿지 않았기 때문이다. 들소는 침이 뚝뚝 흐르는 혀를 내밀어 새뮤얼의 얼굴을 핥는 것밖에 할 수 없었다. 들소의 혀는 뜨겁고, 끈끈하고, 가시덤불처럼 거칠었다. 새뮤얼의 얼굴은 들소의 하얀 침으로 흠뻑 젖었다. 바로 앞에서 들소가 고약한 입냄새를 풍기며 분노에 찬 검은 눈동자로 새뮤얼을 노려보았다.

들소가 실망한 듯 커다란 소리를 내며 뒤로 물러날 때까지 몇 세기가 흐른 것 같았다. 대장 들소는 몇 미터 떨어진 곳에서 풀을 찾아 뜯어 먹으며 적대감이 담긴 한쪽 눈으로 새뮤얼을 계속 지켜보았다.

새뮤얼은 들소들 몰래 빠져나갈 수가 없어서 공포에 질린 채 밤새 몸을 웅크리고 숨어 있어야 했다.

새벽에 사람들의 고함 소리가 들리자 새뮤얼은 가슴이 쿵쿵 뛰었다.

"여기요! 여기!"

새뮤얼은 최대한 크게 소리쳤다.

얼마 지나지 않아 수색대가 새뮤얼을 찾아 들소 무리를 쫓아냈다. 사람들은 새뮤얼을 안고 마을로 데려갔고, 큰어머니는 통증을 달래는 허브로 삔 발목을 감싼 후 새뮤얼을 침대에 눕혀 주었다.

＊＊＊

새뮤얼이 누워 있는 동안 큰아버지가 찾아왔다. 뜻밖에도 큰아버지는 새뮤얼을 칭찬했다.

"애야, 넌 장거리 달리기에 재능이 있구나. 누가 알겠니? 어쩌면 마라톤 선수가 될 수도 있겠다."

"감사합니다, 족장님. 그런데 마라톤이 뭐예요?"

큰아버지는 자기가 아는 만큼 최대한 알려 주고 싶었다. 그래서 몸을 새뮤얼 쪽으로 굽혀 이야기하기 시작했다.

"자, 이야기를 하나 해 줄 테니 잘 듣거라. 아주 먼 옛날에 그리스라는 나라에 살았던 사람들 이야기다. 이 사람들은 전쟁의 승리나 영웅의 죽음같이 중요한 일을 기념하기 위해 운동경기를 하곤 했다. 달리기뿐만이 아니라 레슬링, 권투, 전차 경주 같은 것도 했지. 그리스 사람들은 이 경기를 올림픽이라고 불렀는데 그건 주경기장이 올림포스 산 기슭에 있기 때문이었다. 그리스 사람들은 신들이 그 산의 정상에 산다고 생각했거든. 사제와 선수와 관중들이 4년마다 한 번씩 올림포스 산에 모였고, 올림픽 기간에는 모든 전쟁이 멈추었다. 그럴 정도도 올림픽을 중요하게 생각했어.”

새뮤얼은 자기도 모르게 질문을 했다.

“마라톤 경주도 있었나요?”

큰아버지는 고개를 저었다.

“옛날 올림픽 경기에는 없었다. 하지만 현대 올림픽 경기가 아테네에서 처음 개최되었을 때 올림픽위원회에서 한 그리스 병사를 기억하기 위해 마라톤 경기를 만들었지. 페르시아가 침략했다고 알리기 위해 그리스 전령 한 명이 마라톤 항에서 아테네까지 42.195킬로미터를 쉬지 않고 달려왔다고 해.”

새뮤얼은 이야기에 푹 빠져들었다. 마치 자기가 그 길을 달리고 있다고 상상했다.

“더 이야기해 주세요, 족장님.”

큰아버지는 담배 파이프에 불을 붙이고, 조카의 반짝이는 눈을 바라보며 잠시 침묵에 잠겼다. 그러고는 입에서 담배 파이프를 빼내며 책장에서 가져온 책을 펼쳤다.

10

"이름들을 좀 찾아봐야겠다. 그래, 여기 있구나."

큰아버지가 말했다.

큰아버지는 자리에 앉아 안경을 끼고 가끔씩 설명을 하기 위해 고개를 들기도 하면서 무릎 위에 펼쳐놓은 책을 읽기 시작했다.

"1896년엔 정확히 열일곱 명의 선수들이 경주를 하기 위해 마라톤 다리에 모였다. 그리스 선수가 열세 명, 외국인이 네 명으로 모두 유명한 선수들이었다. 호주의 테디 플랙, 미국의 아서 블레이크, 프랑스의 알뱅 르뮈지오, 헝가리의 귈라 켈너. 우승 후보인 플랙은 이미 금메달 두 개를 땄고, 그날 아침에 테니스 경기에서도 동메달을 하나 더 땄다. 오후의 햇살 아래, 정확히 두 시가 되었을 때 출발 총소리와 함께 경주가 시작되었다. 열일곱 명의 선수들은 여러 마을을 지나 넓은 평원을 가로지르며 농부들의 환호를 받았다.”

“누가 이겼어요? 누가 우승했어요?”

허공을 향해 주먹을 휘두르며 새뮤얼이 소리쳐 물었다.

“좀 기다리거라.”

큰아버지가 엄한 목소리로 말했다.

“마라톤은 긴 경주야. 그러니 내 이야기도 길 거다. 자, 어디까지 했지? 그래, 경주가 반쯤 지났을 때 네 명의 외국인이 한참 선두에 있었고, 그리스 선수는 보이지 않았다. 프랑스 선수는 다른 선수들보다 3킬로미터나 앞서 있었다. 하지만 30킬로미터쯤 지났을 때 그 선수도 지치기 시작했다. 다른 선수들보다 겨우 1분 정도밖에 앞서지 못하게 되었고, 플랙이 꾸준히 따라잡고 있었다. 그 뒤에는 두 명의 그리스 선수들이 따라왔다. 바실라코스는 7분, 스피리돈 루이스는 그보다 30초 정도 더 뒤에서 달리고 있었다.”

새뮤얼은 환성을 질렀다.

“힘내라, 그리스!”

하지만 새뮤얼의 희망은 막 깨지려고 했다.

“프랑스 선수는 너무 빨리, 너무 일찍 선두로 달려 나간 대가를 치렀다. 언덕을 반쯤 올라가다 너무 지친 나머지 갑자기 달리기를 멈췄다. 그러는 동안 테디 플랙이 앞지르며 세 번째 금메달을 딸 것 같았다. 경기장까지 겨우 5킬로미터 정도 남기고 플랙은 아테네의 외곽에 도착했다. 결승선까지 이제 얼마 남지 않았다. 하지만 플랙도 속도가 줄었다. 그리스 선수 바실라코스가 뒤에 보였다.”

새뮤얼은 기분이 좋아져 참지 못하고 소리쳤다.

“힘내요, 바씨!”

큰아버지가 웃음을 지으며 계속 책을 읽었다.

“하지만 지친 바실라코스는 취한 사람처럼 도로 한쪽에서 다른 쪽으로 비틀거렸다. 얼마 지나지 않아 다른 그리스 선수인 스피리돈 루이스가 바실라코스를 따라잡았다. 두 선수는 잠시 나란히 달렸지만 곧 바실라코스가 뒤로 처졌고 루이스 혼자 선두를 따라가게 되었다. 결승점까지 약 1킬로미터를 남기고 키가 크고 삐쩍 마른 루이스가 플랙을 바짝 뒤쫓았다. 하지만 너무 지쳐서 기권을 하려는 순간 귀에 익은 목소리를 들었다. 연인인 엘레니가 ‘스피리돈, 계속 달려요. 저를 위해. 그리스를 위해!’ 하고 소리쳤던 것이다. 엘레니는 루이스가 마른 목을 축이도록 오렌지 몇 쪽을 건넸다. 남은 힘을 모두 모아 루이스는 막판 스퍼트를 냈다. 플랙은 더 이상 견디지 못했다. 뒤에서 루이스가 달려오는 소리를 듣더니 비틀거리다 그만 쓰러지고 말았다.”

새뮤얼이 환호성을 질렀다.

“할 수 있어! 할 수 있어요, 루이스! 계속 달려요!”

큰아버지가 계속 책을 읽었다.

“경기장 안에 있던 관중들은 누가 선두에 달리고 있는지 알 길이 없었다. 마침내 자전거를 탄 사람이 와서 호주 선수 플랙이 결승선을 향해 달려오고 있다고 알려 주었다. 경기장 안은 실망의 신음 소리로 가득 찼다. 모든 사람들이 원형 경기장 안으로 들어오는 작은 터널 입구를 빤히 바라보고 있었다. 갑자기 17이라고 쓰여 있는 먼지 묻은 하얀 그리스 유니폼을 입은 선수가 경기장 안으로 들어왔다. 뒤에 다른 선수라고는 한 명도 보이지 않았다. 온 관중이 환호성과 함께 '그리스! 그리스!' 라고 외쳤다. 스피리돈 루이스는 일 등으로 결승선 테이프를 끊었다. 루이스는 그리스 왕에게 고개 숙여 인사한 다음 그리스 국가가 연주되는 동안 차렷 자세로 서 있었다."

"만세! 만세!"

새뮤얼이 함성을 질렀다.

"7분이 지나서야 두 번째 선수 바실라코스, 바로 뒤에 헝가리 선수가 경기장 안으로 들어왔다. 그다음은 시간차를 조금 두고 그리스 선수 여섯 명이 또 들어왔다. 외국 선수는 더 이상 보이지 않았다. 마지막 선수는 일 등보다 1시간 늦은 기록으로 경주를 마쳤다. 루이스는 3시간도 되지 않는 기록으로 첫 번째 올림픽 마라톤 경주에서 우승했다. 정확히 2시간 58분 50초였다. 기운을 차리려고 커피 한 잔을 요청하고 안내 요원을 따라가는데 그리스의 올가 여왕이 루이스의 거친 손을 잡고 악수를 했다. 여왕은 자기 손가락에서 금반지들을 빼며 말했다. '여기, 이것을 받아요. 당신이 그리스에 가져온 영광은 이 반지들보다 훨씬 더 가치가 있어요!' 루이스의 금메달은 그 올림픽 경기에서 그리스가 딴 유일한 메달이었다."

큰아버지는 조카의 눈이 기쁨으로 반짝이는 것을 보고 웃음을 지으며 편히 앉았다.

"운이 좋은 사람이네요."

새뮤얼이 속삭이듯 말했다.

큰아버지가 한숨을 쉬었다.

"그렇지 않아, 얘야. 부와 명예가 꼭 행복을 가져오는 건 아니다. 루이스는 엘레니와 결혼했고 아들 둘을 낳았지. 하지만 다시는 마라톤 경기에 나가지 못했다. 나중에는 역경에 처해 1년 동안 감옥에 갇히기도 했지. 그리고 얼마 지나지 않아 엘레니가 세상을 떠났고, 루이스는 다시 물지게꾼으로 일해야만 했어. 하지만 완전히 잊혀진 건 아니다. 루이스는 1936년 올림픽 경기에서 그리스 국기를 주경기장 안으로 들고 들어가 달라고 초청받았어. 그리고 4년 후 세상을 떠났지. 루이스의 이름은 결코 잊혀지지 않을 거다. 스피리돈 루이스는 어쨌든 첫 올림픽 마라톤 경주에서 우승한 선수니까 말이다."

이야기가 끝나자 새뮤얼은 갑자기 확 지치는 것 같은 기분이 들었다. 마치 자신이 먼 옛날 그 선수들의 흥분과 고통을 경험하며 마라톤 경주의 매 순간을 달린 것 같았다. 바로 그 순간, 바로 그 자리에서 새뮤얼은 자신도 언젠가 올림픽 마라톤 경주에 나가겠다고 맹세했다.

하지만 어떻게? 오직 백인만이 남아프리카공화국을 대표해 올림픽 경기에 나갈 수 있었다.

11

새뮤얼은 먼 곳까지 늘 혼자 달렸다. 새뮤얼은 모든 장거리 달리기 선수들은 혼자 있기를 좋아하는 사람들일 거라고 생각했다. 장거리 선수들은 자기 몸이 시키는 대로 속력을 조절해 다른 선수들 앞으로 갔다 뒤로 처졌다 하며 달렸다. 42.195킬로미터의 마라톤 경주를 다른 선수의 페이스에 맞춰 달릴 수는 없었다. 두 시간의 경주 동안 잡담할 기운도, 잠시 쉴 시간도 없었다. 최고가 되기 위해선 우정과 가족도 희생해야 했다.

새뮤얼이 마을을 지나 달리는 길은 황량한 벌판이었고, 늦은 오후에는 찜통처럼 더웠다. 마을 분지의 푸른 풀길을 지나면 뜨겁게 익어 먼지가 풀풀 날리는 돌길이 나왔다. 멀리 보츠와나 근처의 국경 지대에는 칼라하리사막이 내려다보이는 붉고 날카로운 산봉우리들이 있었다. 가끔 모래 먼지를 실은 바람이 몸을 따라 돌며 주위를 온통 뿌연 노란색 장막으로 뒤덮었다. 강한 폭풍이 불 때면 먼지가 눈, 코, 귀에 파고들어 볼 수도 들을 수도 없게 만들었다.

하지만 새뮤얼은 절대 얼굴을 닦겠다고 멈춰 서지 않았다. 때때로 바람이 소낙비를 불러와 발밑을 진흙탕으로 만들고, 뜨거운 태양이 시뻘건 오븐처럼 땅을 달궜다. 새뮤얼의 발바닥은 곧 코끼리 엉덩이 가죽처럼 단단해졌다. 하지만 발목을 삘 위험은 언제든 남아 있었다.

소낙비가 내리면 급류가 진흙을 휩쓸어 땅의 갈라진 틈으로 사라졌다. 하지만 비는 드물게 내렸고, 땅은 물기가 적어 마치 엎지른 양젖처럼 군데군데 조금씩 누렇게 된 풀들을 빼고는 대부분 황량했다. 풀이 아주 적었기 때문에 큰아버지의 어린 목동들은 늘 새로운 목초지로 염소들을 몰고 가야 했다. 하지만 우기에는 유칼립투스 나무들의 부드러운 기름 향기가 대기를 채웠고, 새뮤얼은 그 향기를 배고픈 듯 단숨에 훅 들이마시곤 했다.

새뮤얼이 시원한 저녁에 달리기를 마치고 오면 큰아버지는 기다리고 있다가 꾸짖기도 하고, 칭찬하기도 하고, 질문을 하기도 했다.

"좀 어떠니? 어디가 결리니? 쥐난 곳은 없니? 내가 가르쳐 준 대로 준비운동을 했니? 정리운동은?"

늘 같은 질문이었다.

장거리를 달린 뒤에는 보통 큰어머니의 오두막에서 진흙 벽과 밀짚 지붕의 시원함을 들이키며 숨을 고르고 휴식을 취하곤 했다. 큰어머니는 나무 베틀 앞에 앉아 어슴푸레한 빛 아래에서 발판을 밟으며 팔을 넓게 움직여 직조기의 북을 움직이곤 했다.

어느 일요일, 아침 달리기가 끝난 뒤 큰아버지는 앞날에 대해 이야기하자며 새뮤얼을 족장의 원형 오두막으로 불렀다. 새뮤얼은 큰아버지가 무슨 말을 하려는지 이미 알고 있었다. 열여섯 번째 생일이 지났기 때문에 이제 곧 새뮤얼은 큰아버지의 장려금을 위해 금광에 가서 일하게 될 것이다. 잘 있어, 염소들아…… 황금들아, 반갑다!

놀랍게도, 큰아버지는 다른 생각을 하고 있었다.

"넌 특별한 재능이 있어, 얘야."

큰아버지는 담배 파이프를 뻐끔뻐끔 빨며 생각에 잠긴 듯 말을 시작했다.

새뮤얼은 다음에 나올 말이 궁금했다. 무슨 재능? 염소 키우는 것? 큰 독사를 죽이는 것? 멧돼지를 잡는 것? 새뮤얼은 무슨 재능을 이야기하는지 큰아버지가 들려줄 때까지 참을성 있게 기다렸다.

"난 재능을 알아볼 수 있다. 제대로 된 도움만 받을 수 있다면, 넌 아주 크게 될 거야."

다시 한 번 보라색 담배 연기 속에서 긴 침묵이 이어졌다.

"무슨 도움 말씀이신가요, 족장님?"

큰아버지가 새뮤얼을 뚫어지게 쳐다봤다.

"물론 달리기지! 네 핏속에 있어. 날 닮았어. 나는 대학 다닐 때 크로스컨트리 경기와, 토끼와 사냥개 경기에서 은상을 받았지."

새뮤얼은 하고 싶은 말을 꾹 참았다. '그래요, 저를 학교에 보내 주시면 어쩌면 대학도 가고 상도 받을 수 있을 거예요!' 하고 말하고 싶었다.

"국가 대표로 경기에 나간 적도 있으세요?"

새뮤얼이 물었다.

큰아버지는 잠시 아무 말이 없었다. 그러고는 마치 누군가 들을까 봐 걱정하는 것처럼 들릴락 말락 나직하게 중얼거렸다.

"우리 흑인에게도 무슨 피부색의 상대든 이길 수 있는 선수들이 있었다. 하지만 그걸 보여 줄 수 있는 기회를 전혀 갖지 못했지. 백인들은 법으로 흑인 선수들이 백인 선수들과 경기하는 걸 금지시켰다."

"아프리카 인들은 백인보다 실력이 모자라 그럴지도 몰라요."

새뮤얼이 자기 생각을 말했다.

큰아버지는 담배 파이프를 입에서 빼내 나무 접시에 재를 털었다. 그러고는 눈을 감으며, 불만스럽게 입을 오므리고, 심호흡을 하며 목청을 가다듬었다. 그런 다음 자리에서 일어나 선반에서 두꺼운 책을 꺼냈다.

"이 원들이 보이니?"

어리둥절해하고 있는 새뮤얼에게 책 표지를 보여 주며 큰아버지가 물었다.

"네, 족장님. 다섯 개가 있네요."

"무슨 색이지?"

"빨강, 초록, 검정, 노랑, 파랑이요."

"그래, 맞다. 또 뭐가 보이니?"

"다른 건 없어요…. 원들이 서로 안쪽으로 연결된 것 빼고는요."

"그래 정확히 봤다. 그 원들은 다섯 대륙을 상징한다. 따로 떨어진 것이 아니라 서로 연결된 다섯 대륙. 가운데 있는 원은 무슨 색깔이지?"

"검은색이요."

"검은색은 아프리카를 상징해. 알겠니? 현대 올림픽위원회를 창시하며 쿠베르탱 남작은 올림픽 경기가 모든 나라와 인종을 다 결속시켜야 한다고 믿었다."

큰아버지는 한숨을 쉬었다.

"하지만 그렇게 되지 않았지. 오랫동안 올림픽위원회를 지배하고 있는 백인들은 아프리카 흑인들을 올림픽 경기에 참여하지 못하게 방해했다. 마치 올림픽 경기를 자기들의 뒷마당에서 하는 것처럼 말이야. 올림픽 경기 위원회 위원장 중 하나였던 바이에 라투르가 뭐라고 말했는지 읽어 주마."

큰아버지는 원하는 부분을 찾을 때까지 두꺼운 책의 책장을 휙휙 넘겼다.

"아, 여기 있구나. '아프리카 인들은 올림픽 경기에 동참하겠다고 신청하기 전에 스포츠 경기 규칙을 배울 수 있게 먼저 자기 국가에서 연습을 해야 한다.' 여기 다른 백인이 한 말이 또 있다. '흑인들은 선

천적으로 어린애 같아 감정에 쉽게 휩쓸리고 안정적이지 못하다. 흑인들은 백인들과 경쟁할 만큼 성숙하지 못했다. 아프리카 흑인들은 자신들이 성숙해졌고, 올림픽 경기에 참가하는 다른 나라의 선수들처럼 스포츠에 헌신적이라는 것을 증명한다면 우리 결정을 다시 생각해 볼 수도 있다.'"

"그러니까 흑인 선수는 올림픽 경기에 나갈 수 없었단 말인가요?"

새뮤얼이 물었다.

"아니, 나갔다. 경기에 참가했을 뿐만 아니라 메달도 따고 새 기록도 세웠지. 하지만 그 흑인들은 아프리카 출신 선수가 아니었어. 미국과 서인도제도 선수들이었지. 1936년엔 미국 흑인 제시 오언스가 육상에서 네 개의 금메달을 땄다. 그것도 흑인들이 백인 아리안족보다 열등하다고 믿던 나치 지도자 아돌프 히틀러 앞에서 말이야. 히틀러한테 제대로 한 방 먹인 거지. 히틀러는 너무 화가 나서 스타디움 밖으로 뛰쳐나갔어!"

"올림픽 경기에 참가하려고 시도한 아프리카 흑인 국가는 없나요?"

새뮤얼이 또 물었다.

"한 나라가 있었다. 에티오피아. 하지만 신청할 때마다 거절당했어. 아프리카 흑인 선수는 1948년 런던 올림픽에도, 1952년 헬싱키 올림픽에도 참가하지 못했어. 1956년이 돼서야 마침내 에티오피아의 신청서가 받아들여졌다. 주로 공산국가인 러시아와 이제 막 독립

한 아프리카 국가들의 지원으로 말이야. 멜버른 올림픽에서 처음으로 아프리카 선수가 마라톤 금메달을 땄지. 알랭 미문이란 선수였다. 하지만 북아프리카의 알제리 출신이었는데도 미문은 프랑스 대표로 나왔지. 그래도 마침내 봇물이 터진 거야."

큰아버지는 입을 모아 세차게 뿜어져 나오는 물이 올림픽 경기를 침수시키는 걸 보여 주려는 듯 공기 방울을 불어 댔다. 그러고는 만족스러운 듯 활짝 미소를 지으며 파이프에 담배를 채우고 의자에 등을 기대며 편히 앉았다.

"이야기를 하나 해 주마."

큰아버지가 조용한 목소리로 말했다.

새뮤얼은 이야기를 더 듣고 싶어 바닥에 앉았다.

12

"올림픽 마라톤 경주에서 처음으로 금메달을 딴 아프리카 흑인 선수에 대해 이야기해 주마. 스피리돈 루이스 선수의 이야기보다 우리에게 용기를 더 북돋아 줄 정말 놀라운 이야기다. 왜냐하면 그 선수는 우리 아프리카 흑인이면서 세상에서 가장 힘든 경주인 마라톤에서 우승했으니 말이다. 그 선수의 이름은 아베베 비킬라고 저 북쪽에 있는 에티오피아 출신이다. 아베베는 1960년에만 우승을 한 게 아니다. 1964년에도 우승을 했다. 올림픽 마라톤 사상 유일하게 두 번이나 금메달을 딴 선수지.

바로 너처럼 아베베도 목동으로 시작했다. 달리기를 정말 좋아했지. 아베베는 오랫동안 달리면 해보다 더 빨리 먼 곳에 있는 산까지 도착할 거라고 생각했어. 만약 그렇게 할 수 있다면 낮은 영원히 계속될 테고 태양이 산에 있는 자기 호수 집으로 내려가는 걸 막을 수 있을 거라고 믿었다. 그리고 바로 너처럼 아베베도 밀짚으로 지붕을 엮은 오두막에서 살았지. 낮에는 가족의 염소들을 늑대나 자칼로부터 지켰다. 어머니의 베틀 말고는 염소들이 가족의 전 재산이었어.”

큰아버지는 다른 책을 선반 제일 위 칸에서 꺼낸 뒤, 원하는 곳을 찾아 열심히 귀를 기울이는 새뮤얼에게 읽어 주기 시작했다.

“아베베의 아버지 비킬라 데마시는 군인이었고, 2차 세계대전 중에 이탈리아 군과 싸웠다. 아버지는 아베베가 자신의 뒤를 이어 군인이 되기를 바랐다. 그래서 아베베가 열일곱 살이 되었을 때 마을 서기에게 자기 아들이 하일레 셀라시에 황제의 근위대에서 근무할 수 있게 요청하는 편지를 써 달라고 부탁했다. 1년 후 아베베는 수도 아디스 아바바에 있는 황실 근위대 병영에 입대하라는 답장을 받았다.

아베베는 대평원에 있는 자기 마을에서 도보로 출발했다. 그리고 매일 밤 별 밑에서 잠을 자며 많은 날을 걸었다. 그러다 고속도로에 도착한 아베베는 밀짚을 높게 쌓은 당나귀 수레를 만나 뒤에 얻어 탔다.

아베베는 친위대의 병사가 되어 체육 교관인 온니 니스카넨을 만났다. 이 스웨덴 교관은 에티오피아 육상 선수들이 세계 최고가 될 수 있다고 믿은 황제가 직접 고용한 사람이었다. 아베베는 니스카넨에게서 소중한 가르침을 받았고 결코 그 조언들을 잊지 않았다.

‘몸을 똑바로 세우고, 다리를 최대한 쭉 뻗어서 달려라.

달리는 동안 긴장을 풀어. 몸이 너무 뻣뻣하면 보폭이 좁아져.
앞으로가 아니라 위쪽으로 움직이느라 기운을 빼지 마.
팔과 어깨에 힘이 너무 들어가면 빨리 달릴 수가 없어.'

아베베의 머릿속엔 또 다른 충고 하나도 생생히 남아 있었다.

'마음을 편히 갖고 다른 선수들이 스스로 대열을 정리하도록 놔
둬. 같이 달리고, 앞으로 나가지 마. 선두가 지쳐서 너도 기운이 남지
않았을 거라고 생각할 때까지 기다려. 바로 그때가 치고 나갈 때야.'

니스카넨은 곧 아베베의 타고난 재능을 알아챘다. 하지만 1960년
올림픽 마라톤에 나갈 두 명의 선수를 선발하기 위한 경기에서 스물
여덟 살 아베베는 겨우 3등을 했다. 그래서 선수단에 뽑히지 못했다.
하지만 마지막 순간, 선수단 비행기가 활주로에서 대기하고 있을 때
지프차가 나쁜 소식을 가지고 급하게 달려왔다. 마라톤 선수 한 명이
축구를 하다가 발목이 부러진 것이다. 니스카넨은 급히 결정을 내려
야 했다. '가서 아베베를 데려와.' 하고 니스카넨이 명령했다.

그래서 노련한 마모 볼드와 무명의 아베베 비킬라가 에티오피아를
대표해 마라톤 경기에 출전하게 되었다. 선수단이 로마에 도착했을
때 또 다른 문제가 생겼다. 아베베의 발에 맞는 마라톤 운동화가 없
었다. 경기 시작까지는 겨우 몇 시간밖에 남지 않았기 때문에 아베베
는 고향에서 그랬던 것처럼 맨발로 달리기로 결정했다. 굉장한 모험
이었다. 아베베는 딱딱하게 굳은 진흙이 아니라 로마 도로와 광장의
날카롭고 미끄러운 돌길을 달려야 했다.

더위를 피해 경기가 오후 늦게 시작하기 때문에 경주 후반부에는 이미 어두워져 있을 것이었다. 맨발로 달리기엔 좋지 않는 시간이었다. 하지만 수백 명의 관중이 밤하늘을 밝히기 위해 횃불을 들어 그 문제는 해결되었다.

경기의 막바지에 두 선수가 선두를 다투고 있었다. 누구나 분명히 우승할 것이라 생각했던 모로코 선수 랄디와 무명의 아프리카 선수 아베베 비킬라였다. 결승선까지 2킬로미터도 남지 않았을 때, 아베베가 스퍼트를 내며 랄디와의 거리를 조금 벌렸다. 마라톤 세계 기록을 보유한 랄디는 깜짝 놀랐고 점점 뒤처지며 비틀거리기 시작했다. 아베베는 조상들이 노예로 질질 끌려가던 길을 달려 내려갔다. 랄디보다 26초나 앞서 결승선에 다가갔을 때 아베베는 두 팔을 옆으로 활짝 벌리며 미소를 지었다. 아주 커다란 함박웃음을. 아베베는 우승을 했을 뿐만 아니라 2시간 15분 16.2초로 마라톤 세계 기록을 갱신했다. 아베베는 올림픽 마라톤에서 우승한 첫 번째 아프리카 흑인이 되었다.”

만족스러워하던 큰아버지의 표정이 갑자기 슬프게 변했다.

“영웅이 되어 고국 에티오피아로 돌아온 지 오래 지나지 않아 또 다른 운명의 장난이 아베베의 삶을 엉망으로 만들었다. 감옥에 갇혀 교수형을 기다리게 된 것이다! 황제에 대한 반란을 황실 근위대가 지원했고, 올림픽 영웅 아베베도 의심을 받게 된 것이다. 결국 감옥에서 풀려나긴 했지만, 아베베는 직장을 잃고 부인, 어린 아들과 함께 가난을 겪게 되었다. 마라톤 경주에 나가는 것만이 살아남을 수 있는 유일한 희망이 되었다.

로마 올림픽 후 3년 동안 아베베는 약 30개의 마라톤 경기에 출전했다. 그리고 그 경기 모두에서 우승을 했다. 1964년 동경 올림픽에서도 아베베가 2시간 12분 11초라는 세계 신기록으로 금메달을 땄다. 은메달을 딴 영국의 배즐 히틀리보다 4분이나 앞선 기록이었다. 올림픽 마라톤에서 두 번이나 금메달을 딴 첫 번째 선수 아베베는 다시 한 번 영웅이 되어 고국으로 돌아갔다.

아베베는 1968년 멕시코 올림픽에도 출전했지만 20킬로미터를 달린 후 오른쪽 다리뼈가 부러지는 바람에 기권해야 했다. 그게 아베베의 마지막 마라톤 경주였다. 다섯 달 뒤, 자동차가 배수로에 추락하는 사고를 당해 아베베는 하반신이 마비되었다. 그리고 3년 뒤에 아베베는 숨을 거두었다. 그때 그의 나이 겨우 마흔한 살이었다."

큰아버지는 쾅 소리를 내며 책을 덮었다.

"이게 아프리카의 아들, 그리고 우리 모두에게 영감을 준 위대한 아베베 비킬라다. 절대 잊지 말거라. 달릴 때마다 생각해. 너 같은 아프리카 인이 따라하라고 아베베가 그렇게 달린 거다."

새뮤얼은 아무 말도 하지 않았다. 머릿속이 마라톤 생각으로 너무 꽉 차 있었다.

아베베가 할 수 있었다면, 자기도 할 수 있을 것 같았다.

13

금광에서 일하기 위해 마을에서 리프로 떠날 날이 빠르게 다가오고 있었다. 새뮤얼은 대족장의 소개서를 들고 음푸마랑가에 있는 금광으로 갔다. 그리고 휴가를 받자 추수철 두 주간 족장인 큰아버지가 정해 준 신부와 가정을 이루기 위해 홈랜즈로 돌아왔다. 그것이 새뮤얼의 운명이고 가족의 의무였다.

큰아버지는 수줍어하는 어린 소녀에게 새뮤얼을 소개시켜 주었다.

"이 여자가 네 신부 신티다."

"감사합니다, 족장님."

신부에게로 고개를 돌리기에 앞서 새뮤얼이 말했다.

열다섯 살 신티는 인도양 옆에 있는 먼 원주민 지역으로부터 보내져 왔다. 불쌍한 소녀. 그건 마치 고양이 새끼를 어미로부터 너무 일찍 떼어 낸 것 같았다. 새뮤얼은 신티를 위로하기 위해 최선을 다했다. 새뮤얼은 남편의 의무를 진지하게 받아들였다. 아니 어쩌면 아버지가 가족과 고향을 그리워하는 순박한 시골 아이를 대하듯 어린 신부를 보살폈다.

신티와 자기들만의 오두막으로 이사한 지 이틀 만에 새뮤얼은 다시 금광으로 돌아갔다. 신티는 남편이 떠나는 것도 결혼처럼 순순히 받아들였지만 오두막에 혼자 남았을 때 눈물이 흐르는 걸 참지 못했다. 물론 다른 여자들이 신티를 도울 것이다. 하지만 신티는 낯선 사람들 사이에서 외로웠다. 남편마저도 신티에게는 좀 낯설었다.

큰아버지는 새뮤얼이 계속 달리기를 연습하길 바랐다. 그래서 지하에서 흙을 파다 다치는 위험을 피하기 위해 금광 소장에게 새뮤얼도 형처럼 사무실에서 할 수 있는 일을 찾아봐 달라고 부탁했다. 사무실 청소 일을 하게 되었지만, 새뮤얼의 삶은 염소를 칠 때보다 더 힘들었다. 사무실은 녹슨 양철로 만든 허름한 가건물이었고, 광산의 울퉁불퉁한 바위에 겨우 달라붙어 있었다. 광산은 온통 먼지와 흙으로 뒤덮인 채 나무도 관목도 풀도 신선한 공기도 없었다.

광부들은 하루 종일 쿵쿵거리고 웅웅 울리는 거대한 동력 천공기 위에 서서 일했다. 그런 탓에 일이 끝나 침대에 누운 뒤에도 몸을 떨었다. 모래 폭풍 속에 서 있을 때처럼 먼지가 계속 콧구멍을 막고, 땅은 발파 작업 때문에 자주 흔들렸다. 새뮤얼은 땅거미 질 무렵 먼지를 뒤집어 쓴 광부들이 지저분한 손과 얼굴을 찬물로 대충 닦을 수 있는 숙소로 비틀거리며 돌아가는 걸 보았다. 나무로 지어진 숙소에는 콘크리트 석판으로 만든 수백 개의 잠자리가 몇 센티미터 간격을 두고 두 줄로 늘어서 있었다. 마른 지푸라기로 만든 깔개를 매트리스로 썼고, 작업복은 서까래에 박힌 못에 걸었다.

감독관들은 하루 종일 "빨리 해, 이것들아! 빨리 움직이란 말이다. 일을 해! 열심히 일하라구! 시간이 돈이야! 돈이란 말이다!" 하고 소리를 질러 댔다.

그게 금광 일이었다. 일주일에 6일 반, 열두 시간마다 교대로 일한 뒤 겨우 콘크리트 석판 위에서 쉴 수밖에 없는 등골 빠지고, 귀청 터지고, 영혼이 부서지는 일. 그리고 이건 모두 백인 금광주와 자신들을 금광에 판 족장들의 주머니를 채우기 위한 일이었다.

광부들에게는 일요일 오후가 유일한 자유 시간이었다. 대부분의 광부들은 지친 몸을 석판 위로 끌고 가는 것 말고는 다른 활동을 하지 못했다. 하지만 어떤 사람들은 축구를 하거나 체육관에서 권투를 하기도 했다. 피곤했지만 새뮤얼은 육상 클럽에 가입해 백 미터 경주부터 15킬로미터 크로스컨트리 경주까지 모든 달리기 경기에 참가했다. 새뮤얼은 늘 맨발로 달렸다. 식품과 파이프 담배를 사러 도시에 갔을 때 운동화는 큰아버지에게 중요한 쇼핑 목록이 아니었다.

새뮤얼은 육상 클럽에서 동갑네기인 줄루족 소년 시메온과 친구가 되었다. 시메온은 거의 2킬로미터나 지하로 내려가 금줄 박힌 바위 표면에서 일하는 키 크고 마른 체격의 소년이었다. 둘이 사용하는

호사 어와 줄루 어는 서로 비슷해 대화를 할 수 있었고, 새뮤얼과 시메온은 달리기에 대한 열정을 나누었다. 사람들은 이 이상한 단짝을 '꺽다리와 땅꼬마'라고 불렀다. '꺽다리'는 단짝 친구에게 신발을 신고 달리라고 들볶았다.

"이봐, 샘, 네가 편하면 맨발로 연습해도 괜찮아. 하지만 경기 중에는 미끄러운 바닥에서 자빠지기 쉽거든. 발밑에 단단한 바닥이 필요해. 돈을 모아서 괜찮은 운동화를 사라구."

하지만 새뮤얼은 발밑에 닿는 흙의 느낌을 사랑했다.

"난 발가락이 따뜻한 흙 속으로 파고들어 가는 데 익숙해 있어. 마치 나와 대지가 하나가 된 것처럼 느끼게 해 주거든. 신발은 자연스럽지 않아."

새뮤얼이 시메온에게 대답했다.

"이봐, 샘, 백인들이 왜 우릴 동물 취급하는 줄 알아? 우리가 들개처럼 맨발로 달리기 때문이야. 백인들 경기에서 이기려면 백인들과 대등한 조건에서 경쟁해야 한다구."

시메온이 집요하게 계속 설득했다.

새뮤얼은 조금 귀가 솔깃했다.

"하지만… 아베베 비킬라는 맨발로 올림픽 마라톤 경기에서 우승했잖아."

그러다 결국에는 단순한 이유를 대서 시메온이 친구의 마음을 돌렸다.

"혹시 우리가 백인들을 상대로 경쟁할 수 있게 되더라도, 맨발로는 달리지 못하게 할 거야. 너도 화려한 유니폼 상의에다 배지를 잔뜩 단 백인 나리들을 봤잖아. 영국 신사처럼 깨끗한 셔츠와 반바지 그리고 양말과 신발을 신고 있지. 할 수만 있다면 실크 모자에 연미복을 입고 달릴 거야. 하지만 맨발은 아니야!"

일주일 후 새뮤얼은 처음으로 운동화를 신어 봤다. 신발 가게 점원은 새뮤얼의 발을 보고 깜짝 놀랐다.

"네 발바닥과 뒤꿈치는 돌 같구나, 꼬마야!"

새뮤얼이 운동화에 익숙해지는 데는 몇 달이 걸렸다. 처음에는 운동화가 너무 싫었다. 마치 군화를 신고 달리는 치타가 된 기분이었다. 처음 나간 경기에선 발이 꼬여 세게 넘어지는 바람에 피투성이에다 여기저기 멍이 든 채 꼴찌로 결승선에 들어왔다. 사고는 그게 다가 아니었다. 한번은 발끝이 돌에 걸리는 바람에 다른 선수를 끌어안고 넘어졌다. 그 선수가 얼마나 시골 소년 새뮤얼을 욕하던지!

같이 넘어졌던 선수가 절뚝거리며 일어나 소리쳤다.

"멍청한 깜둥이 자식. 너 같은 걸 교양 있는 선수들과 경기하게 놔두다니!"

시메온이 새뮤얼을 돕기 위해 멈추며 말했다.

"무시해. 저런 사람을 다루는 최고의 방법은 경기에서 이겨 코를 납작하게 만드는 거야. 운동화로 얼굴을 때리는 게 아니라 경기에 이겨서 말이야."

시메온이 웃음을 터트렸다.

두 친구는 번갈아 가며 앞장서서 서로 도우며 함께 달렸다. 결승선까지 겨우 백 미터가 남았을 때 둘은 욕하던 경쟁 선수를 앞질렀고 결국 선두 그룹에서 경기를 마쳤다.

"누가 멍청이라고?"

경기에 진 선수에게 들리지 않을 만큼 떨어져 서서 시메온이 조그맣게 말했다.

더디지만 새뮤얼은 고무와 천으로 발을 감싸고 달리는 것에 익숙해져 갔다. 스스로도 놀랄 정도로 자기 달리기 실력이 향상된 것을 알게 되었고, 사람들도 새뮤얼을 주목하게 되었다. 새뮤얼은 지역 경기를 위해 젊은 광부를 훈련시키라고 고용된 나이 든 백인 코치의 눈에 띄게 되었다. 그래서 처음으로 경험 있는 코치로부터 조언을 받았다.

머리가 희끗희끗한 코치는 새뮤얼의 꿈을 산산이 박살냈다.

"넌 장거리를 뛰기엔 맞지 않아. 페더급 권투나 레슬링으로 종목을 바꿔 봐."

코치가 직설적으로 말했다.

코치는 새뮤얼이 실망하는 표정을 짓는 걸 보았다.

코치는 설명하려고 애썼다.

"애야, 넌 키가 너무 작아. 장거리 선수들은 키가 크고 말랐거든. 네 친구 시메온처럼 말이야. 네 몸은 균형도 전혀 맞지 않아. 게다가 넌 상체를 앞으로 너무 내밀고, 발가락에서 발뒤꿈치로 체중을 옮겨

가며 달리는 게 아니라 발 앞부분으로 달려. 자기 페이스를 지키지도 않고 짧은 순간에 너무 많은 에너지를 확 몰아서 소모해. 막바지 속력도 없고. 시간을 낭비하지 마라. 육상 경기는 잊어버려.”

누구를 믿으란 말인가? 아베베의 코치는 “상체를 앞으로 내밀어.” 그리고 “발 앞쪽으로 달려.” 하고 가르쳤다. 지금 얀 스미트 코치는 정반대로 말한다. 코치는 새뮤얼이 얼마나 고집스러운지 미처 알아채지 못했다. 새뮤얼은 코치가 틀렸다는 걸 증명하기로 결심했다. 스미트 코치가 자기를 맡아 주지 않는다면 마음대로 달리며 혼자서라도 훈련할 것이다. 새뮤얼은 때때로 시메온과 함께 연습했다. 하지만 시메온은 2교대 근무를 했고, 저녁 6시나 7시 전에 일이 끝난 적이 거의 없었다. 그래서 새뮤얼은 혼자서 장거리를 달리기 시작했다. 금광을 지나, 멀리 더 멀리까지. 그래서 결국 한 주에 모두 합쳐 300킬로미터까지 달리기도 했다. 새뮤얼은 나무와 전봇대들을 이용해 속도를 조절했다. 두 번은 점점 빠르게, 한 번은 일정하게, 두 번은 점점 빠르게……. 삔 곳은 허브로 치료했고, 뭉친 다리는 힘줄투성이인 자기 손으로 주물렀다.

장거리 달리기에 자신감이 생기자 새뮤얼은 다른 광산의 흑인 선수들과 치르는 육상 시합에 한번 출전해 보자고 시메온에게 제안했다. 처음에는 10킬로미터 경기, 그리고 20킬로미터, 30킬로미터…….

시메온도 찬성했다.

"우리 둘이 한 팀으로 달릴 수 있을 거야. 번갈아 가며 선두에 서서 다른 선수들의 리듬을 깨자."

경기장은 새뮤얼이 들어 보았던 백인 전용 사립학교나 클럽의 육상 트랙과는 많이 달랐다. 경기장은 진흙과 잡초가 덮인 곳으로 금광 쓰레기 매립지의 그늘에 자리 잡고 있었다. 운이 좋을 땐 누군가 흰 선으로 '출발선'과 '결승선'을 표시해 놓거나 선수들이 엉뚱한 곳으로 빠져나가지 않도록 원뿔형 도로 표지를 경기장 안에 세워 놓았다.

첫 번째 경주에서 새뮤얼과 시메온은 진흙탕에 나자빠졌다. 경기가 시작되기 바로 전, 폭우가 내려 운동화가 진흙탕에 쩍쩍 달라붙고 이리저리 미끄러졌다. 하지만 새뮤얼과 시메온은 서로 도우며 일어나, 진흙을 닦아 내고, 트랙을 따라 달렸다.

아쉽게도 둘 다 많은 경기에서 1등을 하지 못했다. 사실 새뮤얼은 속도가 중요한 단거리에서 몇 번이나 꼴등을 하였지만 실력은 계속 향상되었다. 경기를 통해 얻은 가장 중요한 교훈은 참을성에 대한 것이었다. 새뮤얼은 성급한 토끼와 경주를 하는 현명한 거북이였다. 새뮤얼은 때를 기다리며 경기 후반부를 위해 힘을 비축했다가 상대를 무너트리곤 했다. 시메온은 작은 영양에 가까웠다. 힘들이지 않고 우아하게 달리며 몇 킬로미터고 같은 속도를 유지했다. 시메온에게 필요한 것은 장거리 경주에서 가속력을 내 먹잇감을 사냥하는 '공격 본능'이었다.

"내게 너 같은 지구력이 있다면, 난 챔피언이 됐을 거야."

시메온이 새뮤얼에게 말하곤 했다.

"내게 너 같은 스피드가 있다면 난 세계를 제패했을 거야."

새뮤얼도 대답하곤 했다.

그러면 시메온은 "흑인들 세계를…." 이라고 고쳐 주었다.

새뮤얼은 고개를 가로저었다.

"우리가 백인과 겨뤄 승리할 날이 오고 있어, 시메온. 내 말 잘 기억해 둬. 너와 나, 우린 서로를 '꺽다리와 땅꼬마' 라고 부를 거야!"

1년도 되지 않아 열일곱 살짜리 두 친구는 실력 있는 장거리 선수로 이름을 내기 시작했다. 크라운 금광 3번 광구에서 10킬로미터에서 20킬로미터 사이 경주는 '꺽다리' 가 다 우승했지만, 30킬로미터 크로스컨트리 경주에서는 언제나 '땅꼬마' 가 '꺽다리' 를 앞질렀다. 광산 관리자들은 새뮤얼과 시메온을 다른 광산과의 운동 경기에 출전시키기 시작했다. 달리기는 둘에게 더 나은 음식을 배급받을 수 있게 해 주었을 뿐 아니라 훈련하고 시합에 참가할 수 있는 시간까지 내주었다. 시메온에게는 엄청난 혜택이었다. 시메온은 처음으로 한겨울 햇살을 보았고, 한 주 내내 지상에서 시간을 보내기도 했다. 시메온의 삐쩍 마른 몸에도 살이 붙기 시작했다.

금광에 온 지 2년이 다 지나갔을 무렵, 새뮤얼과 시메온은 처음으로 마라톤 경기에 출전했다. 연례 광부 운동 대회에서였다. 새뮤얼은 마라톤 전날 10킬로미터 경기에 출전했고 처음으로 가장 좋은 기록인 4등을 했다. 시메온은 결승선까지 전력 질주해 2등보다 훨씬 앞서서 우승했다.

마라톤 경주는 대회의 마지막 날에 있었고, 두 친구를 비롯해 모든 선수들이 다 참가한 것 같았다. 마치 시골 소풍에 온 것처럼 50명이나 되는 선수들이 일렬로 늘어섰고, 그중 여럿은 우승을 노리며 기분이 들떠 있었다. 몇 명은 벌써 마라톤 구간을 달려 본 노련한 장거리 선수들이었다.

"예선을 치르지 않아도 돼서 다행이야. 다리가 견디지 못했을 거야. 한 경기에서 냅다 달려 우승할 수는 있지만, 두 경기 다는 아니야."

시메온이 말했다.

"너무 걱정 마. 42킬로미터 후에도 모두 결승선을 향해 미친 듯 달리고 있을 거라고는 상상이 안 돼. 넌 되니? 1등과 다른 선수들 사이엔 몇 초가 아니라 몇 분은 차이가 날 거야. 기억해, 이건 인내력 테스트야. 페이스를 조절해, 긴장 풀고. 무리에 휩쓸려 가도록 그냥 둬."

새뮤얼이 안심시켰다.

시메온은 얼굴을 찡그렸다. 마라톤 구간은 시메온이 전에 달렸던 거리보다 두 배는 더 길었다.

새뮤얼은 자기는 어떨까 하고 생각했다. 다리나 폐가 자기를 실망시킬까? 자기에게 끝까지 달릴 만한 정신력이 있을까? 새뮤얼은 마라톤이 자기의 주종목인지 아닌지 곧 알아낼 것이다.

두 친구는 경주의 반이 넘도록 함께 달렸다. 하지만 그때쯤 세 가지

사실이 명확해졌다. 첫째, 마라톤 경주에서는 모두가 자기 자신의 페이스에 맞추어 달려야 한다. 필요하면 한숨 돌리기 위해 속도를 늦추고, 기운이 회복되었다고 생각될 땐 속도를 내고, 목이 타들어 갈 땐 물을 마시고. 새뮤얼은 시메온이 자기 페이스에 맞추지 못하듯 자신도 시메온의 페이스에 맞추어 달릴 수 없다는 걸 알았다. 두 번째 깨달은 것은 일정한 리듬을 유지하는 게 자신에게 쉬웠다는 사실이다. 그래서 새뮤얼은 앞에 세 명의 선수만 남을 때까지 다른 선수들을 모두 앞질렀다. 몇 킬로미터 더 달리자 앞에 있던 두 명의 선수들도 페이스를 유지하지 못하고 속도를 줄였다.

세 번째 깨달은 것은 새뮤얼을 가장 만족시켰다. 새뮤얼은 마라톤을 즐기고 있었다. 마라톤을 하기 위해 태어난 것 같았다. 혼자 초원을 가로질러 달리는 것도 즐겼지만 그건 경쟁심과는 상관없는 일이었다. 마라톤에선 상대 선수를 쫓아 진저리 칠 때까지 가만히 뒤를 따라가다가 쉽게 앞지를 수 있었다.

결승선까지 약 1.5킬로미터 정도 남았을 때도 시메온은 보이지 않았다. 새뮤얼은 시메온이 따라올 때까지 속도를 줄이며 기다릴 수 없었다. 어쩌면 시메온은 벌써 기권했을 수도 있었다. 42킬로미터가 지났는데도 새뮤얼은 아직 지치지 않았고 마지막 스퍼트를 할 힘도 충분히 남아 있었다. 그 힘으로 선두 선수를 추월해 100미터 정도 앞서고, 결승선까지 그 간격을 유지했다. 새뮤얼의 첫 번째 마라톤, 첫 번째 우승이었다!

'껑다리'와 '땅꼬마'는 달리기에서만 제일 친한 친구가 아니었다. 경찰이 엿듣지 못할 만큼 떨어져 있을 때면 둘은 원주민 말로 서로에게 솔직하게 자기 생각을 이야기했다. 새뮤얼은 마음속에 자리 잡고 있는 생각들을 시메온에게 털어놓을 수 있었다. 둘 다 백인 정부의 인종차별 정책들을 증오했다. 하지만 무엇을 할 수 있단 말인가? 어떻게 아파르트헤이트를 없앨 수 있을까? 새뮤얼은 몇 년 전 기차 칸에서 반대 견해를 가졌던 두 사람을 기억했다. 흑인들이 조직적으로 저항해야 한다고 남자가 말한 게 옳았다. 하지만 아주머니도 맞았다. 권력을 잡고 있는 백인들은 아프리카에서 가장 강한 군대를 가지고 있었고, 필요하면 언제든 군사력을 사용할 준비가 되어 있었다. 새뮤얼이 너무도 잘 아는 것처럼.

시메온은 새뮤얼이 전혀 모르고 있던 것들에 대해 알려 주었다.

"해방 투쟁에 대해 들어 보았니?"

어느 날 같이 조깅을 하면서 시메온이 물었다.

"우리를 백인 통치에서 해방시켜 주길 원하는 사람들에 대한 이야기는 들었어."

"그래. ANC, 아프리카 민족회의라고 우리 동지들이 정당을 만들었어. 지도자 몇 명은 감옥에 갇혔고."

새뮤얼은 어리둥절해졌다.

"감옥에선 싸울 수 없잖아?"

"맞아. 하지만 다른 사람들이 지도자들을 대신해 그 역할을 하고 있어.”

“말만으로 도움이 되진 않아.”

“그래, 그것도 맞아. 하지만 무기도 있어. 그리고 우리 동지들이 우호적인 나라들에서 훈련을 받고 있다고.”

“어디서?”

호기심이 생긴 새뮤얼이 물었다.

“어, 여기저기. 그건 일급비밀이야. 아프리카 민족회의에는 백인 정권과 싸우는 비밀 군사 조직도 있어. 그 사람들이 발전소도 폭파시키고, 무기를 탈취하기 위해 군수품 창고도 습격하고, 그런 일을 해. 그 비밀 조직을 ‘국가의 창’ 이라고 불러. 그 조직엔 백인이든 흑인이든 아파르트헤이트에 반대하는 모든 동지들이 함께하고 있어. 조 슬로보라는 백인 공산주의자가 지도자야.”

새뮤얼은 감명을 받았다. 하지만 창으로 총에 대항하는 것의 의미를 찾지 못했다.

시메온은 미소를 지었다.

“창이라는 말에 속지 마. 창 하나하나 뒤에는 총과 폭탄, 그리고 필요하면 탱크나 비행기까지도 있어.”

새뮤얼은 고개를 저었다.

“난 내 발을 무기로 사용하겠어. 어느 날 백인들이 우리와 경기를 할 수밖에 없게 될 때 우린 누가 더 강하고 빠른지 증명할 거야.”

시메온은 말 그대로 무기를 고수했다. 어느 날 시메온은 새뮤얼에게 짧은 쪽지를 남기고 어디론가 사라졌다.

　창을 들러 간다.
　동지여, 행운을 빌어.
　우릴 위해 승리해 줘.

　시메온

＊＊＊

　다음 몇 해 동안 새뮤얼은 가족의 첫 씨앗을 뿌렸고, 신티가 두 딸을 키우도록 남기고 집을 떠났다. 금광으로 돌아갈 때마다 점점 커가는 가족이 새뮤얼의 가슴 끈을 잡아당겼다.

　"당신을 두고 떠나기가 정말 싫소, 여보. 혼자서 딸들을 키운다는 것이 얼마나 힘든지 나도 알고 있소. 하지만 큰아버지께 은혜를 보답하고 당신과 애들을 먹여 살리기 위해선 돈을 벌어야 하오."

　새뮤얼이 설명했다.

　신티는 말이 없었다. 눈물이 반짝이는 자국을 만들며 뺨을 타고 흘러 갈색 손등에 떨어졌다.

　"제발 울지 마시오. 언젠가 당신이 날 자랑스럽게 생각할 날이 올 거요. 약속하오. 난 우리나라를 위해 달릴 것이오. 그게 꿈이오… 아니, 그게 내 목표요. 그게 해방 투쟁을 위해 내가 할 수 있는 것이오."

아내의 어깨를 팔로 감싸며 새뮤얼이 말했다.

"백인들이 허락하지 않을 거예요."

신티가 떨리는 목소리로 말했다.

"그럼 백인들이 잘못했다고 내가 보여 줄 수밖에 없소. 게다가 달리기 경주는 우리가 함께 살 수 있도록 돈도 충분히 벌게 해 줄 것이오. 내가 라디오를 사 줄 테니 두고 보시오."

신티는 눈물 사이로 미소를 지었다.

"당신이 무엇을 하든 여보, 난 당신을 믿어요."

1년에 두 번씩 가족을 보러 집으로 올 때 새뮤얼은 큰아버지한테 자기의 달리기 경기에 대해 자세히 알려 드려야 했다. 큰아버지는 마치 자신이 한때 가졌던 꿈을 새뮤얼을 통해 다시 갖게 된 것 같았다.

"내가 그랬잖니, 애야. 네가 훌륭한 선수가 될 거라고."

큰아버지는 말하곤 했다.

그러면 새뮤얼은 이렇게 대답했다.

"선수가 되고 싶은 게 아니에요. 챔피언이 되고 싶어요."

14

두 형제가 다른 금광에서 일했기 때문에 새뮤얼은 홈랜즈로 돌아오는 두 주간의 추수 휴가 기간 말고는 룩스마트 형을 전혀 볼 수가 없었다. 하루는 대족장이 새뮤얼에게 누런색 봉투를 건네주었다. 봉투 위쪽에는 낯선 글자들이 검정색 도장으로 찍혀 있었다.

남아프리카공화국 교도소

1급 감호

봉투 옆쪽 밑에는 더 커다란 검정색 글자가 찍혀 있었다.

검열

새뮤얼은 덜덜 떨리는 손으로 봉투를 열고 안에 든 얇은 종이 한 장을 꺼냈다. 편지지에는 마치 글쓴이가 종이 한 장에 가능한 한 많은 내용을 적어 넣으려 한 듯 세 문단에 걸쳐 글자가 빽빽이 쓰여 있었다. 분명히 몇 문장 더 있었던 게 분명했지만, 누군가가 편지지 반쪽 정도를 까맣게 지워 버렸다.

새뮤얼은 곧바로 오른쪽 귀퉁이에 적힌 주소를 보았다. 그리고 자기 눈을 믿을 수 없었다.

룩스마트 퀴벨라 — D491/64,
(전교) 교도소장
로벤 아일랜드 교도소
로벤 아일랜드 8000.

검열로 검게 지워진 구절들 사이에 이런 글이 적혀 있었다.

사랑하는 동생 샘에게.

네 생각대로, 난 더 이상 금광에서 사무원으로 일하고 있지 않아. 채석장에서 돌을 파고 있어. 무언가 하며 시간을 보낼 수 있는 진짜로 엄청 재밌는 일이지.

난 혁명으로 정부를 전복시키려는 음모를 꾸미고 파괴 행위를 했다는 혐의로 기소되어 재판을 받았어. 나는 xxxxxx (여섯 줄).

또 남아프리카공화국을 무력으로 침범하는 걸 도왔다는 혐의도 뒤집어 썼어. 무슨 xxxxxx (다섯 줄)

판사는 내게 18년 징역형을 내렸어. 그게 벌써 1년도 전에 일이야. 하지만 xxxxxx (열 줄)

난 한겨울에 여기에 도착했어. 거친 파도에 씻긴 바위섬인데 지금은 눅눅하면서도 매섭게 추워. 짙은 안개가 남대서양으로부터 밀려들어 오지. 하지만 맑은 날에는 15킬로미터 정도 떨어져 있는 테이블마운틴과 케이프타운에 드나드는 배들이 보여.

섬에는 나름대로의 야생적인 아름다움이 있어. 사슴과 타조, 바다표범과 펭귄, 노란 관목 덤불과 달콤한 향기 풍기는 유칼립투스 나무…….

내 감옥은 xxxxxx (세 줄)

저녁때는 책을 읽거나 다른 재소자들과 이야기를 해. 유명한 사람들도 있어……. xxxxxx (세 줄)

난 6개월마다 한 번 방문객을 맞을 수 있어. 여태 딱 한 명이 왔지. 닉키. 하지만 닉키도 한동안 오지 못할 거야.

편지로 네 소식을 들려줘.

너를 사랑하는 형, 룩스마트

추신 : 네 답장은 500자 이하여야 해.

파리채로도 새뮤얼을 넘어뜨릴 수 있었을 것이다! 금광에서 안정적인 사무직 일을 하고 있던 룩스마트 형, 큰아버지가 미래의 족장으로 점찍어 둔 룩스마트 형이 18년형을 받고 감옥에 갇혔다! 석방될 때는 거의 마흔 살이 될 것이다! 그땐 더 이상 청년도 아니다.

게다가 룩스마트 형은 보통 감옥에 갇힌 것도 아니었다. 로벤 아일랜드에 있었다. 새뮤얼은 금광에서 일하는 사람들로부터 로벤 아일랜드는 아프리카 민족회의 지도자인 넬슨 만델라와 월터 시슬루같이 굉장히 위험한 정치범들을 가두기 위한 일급 감호 시설이라고 들었다. 룩스마트 형이 정말 그렇게 유명하단 말인가?

룩스마트는 정말 해방 투쟁에 동참했다. 전에 가족의 죽음에 복수하기로 맹세했고 약속을 확실히 지켰다. 이제 정치범이 되어 만델라와 함께 있는 것이다!

큰형이 위험한 정치범이라는 사실도 충격이지만, 새뮤얼은 곧 작은형 일로 또다시 놀라게 되었다. 어느 일요일 이른 아침, 달리기 훈련을 위해 일어나다가 새뮤얼은 꼬딱지만 한 자기 방문을 두드리는 소리에 깜짝 놀랐다. 똑똑 소리가 아니라 날카롭게 끊어 두드리는 소리였다. 디—디—디—디. 딧—딧! 타운십에 살던 때가 기억났다. 거기서 소년들은 노크를 암호로 사용했다. '열어도 안전함.'

"누구세요?"

새뮤얼이 긴장한 목소리로 물었다.

“존 웨인.”

낮고 굵은 목소리가 들렸다.

닉키 형!

새뮤얼은 문을 활짝 열었다.

방문객은 말을 타고 있지도, 윈체스터 라이플총을 가지고 있지도 않았다. 하지만 낯익고 삐딱한 웃음을 지은 채 카우보이처럼 거들먹거리고 서 있는 건 틀림없는 니코데무스였다.

“잘 있었니, 파트너!”

니코데무스는 마치 모호크족 인디언 추격대가 걱정되는 듯 통로 주변을 살피며 말했다.

니코데무스는 문을 닫으며 방 안으로 깡충 뛰어 들어왔다.

“와, 이것 좀 봐! 금광 공기가 너한테 잘 맞나 보구나. 이렇게 많이 자라다니!”

새뮤얼을 곰처럼 힘껏 안으며 니코데무스가 작은 목소리로 말했다.

새뮤얼은 공기가 니코데무스 형에게도 잘 맞았다고 말할 수가 없었다. 니코데무스가 침대 석판 위로 털썩 주저앉는 바람에 목발이 콘크리트 바닥에 큰 소리를 내며 굴러떨어졌다.

“뭐 먹을 것 좀 있니?”

눈을 감으며 니코데무스가 물었다.

새뮤얼은 자기에게 배급된 음식을 담요 위에 펼쳤다. 니코데무스는 굶주린 듯 음식을 바라보았지만 실제로는 질긴 염소 고기 육포와 마른 과일 조금만 천천히 씹어 먹었다. 니코데무스가 음식을 먹는 데 정신을 쏟는 동안 새뮤얼은 형을 자세히 쳐다보다가 충격을 받았다.

형의 꾀죄죄한 옷은 곳곳에 구멍이 났고, 찢어진 바지 다리 하나는 무릎 위에서 핀으로 고정되어 있었다. 턱과 뺨에는 굵은 수염이 덥수룩해 꼭 보안관에게 쫓기는 악당 같았다. 이마에는 주름이 깊게 파였고, 손에는 얼룩덜룩한 흉터가 있었다. 하지만 눈을 떴을 때 어릴 적과 똑같이 까불대고 똑똑하고 희망과 몽상에 빠진 니코데무스 형이 보였다.

하지만 전엔 부드럽기만 하던 갈색 눈이 차갑게 번득이고 있었다.

"집에서 먹을 것을 주지 않아?"

침묵을 깨려고 새뮤얼이 물었다.

니코데무스는 마치 경험 많은 상사가 아직 귀 뒤에 물도 마르지 않은 신참을 보듯 새뮤얼을 오랫동안 날카롭게 바라보았다. 잠시 가만 있다가 니코데무스는 뜻밖의 말을 꺼냈다.

"넌 어느 쪽 편이니, 샘?"

새뮤얼은 무어라 대답해야 할지 몰랐다.

"우리… 편. 형… 편."

질문을 이해할 수 없어 새뮤얼이 말을 더듬었다.

"아직 어려서 잘 모르는구나…."

니코데무스가 중얼거렸다.

"곧 열아홉 살이 될 거야. 학교는 졸업하지 못했지만 글을 읽고 쓸 수도 있어. 염소 젖도 짤 수 있고, 결혼도 했고, 애도 둘이나 있어. 육상 경기에서 우승도 했고, 지금은 챔피언이 되기 위해 훈련하는 중이야."

새뮤얼이 큰 소리로 말했다.

미소를 짓느라 니코데무스의 턱수염이 움직였다.

"잘했다! 챔피언이라고? 그래, 백인 놈들을 덜덜 떨게 만들 수 있을 거다."

새뮤얼은 서서히 깨달았다.

"형, 테러리스트가 된 거야?"

니코데무스는 지저분한 손가락을 입에 갖다 대었다.

"동지나 전사는 맞아. 테러리스트는 아니고. 아무에게도 찍소리하지 마. 병원에서 퇴원하자마자 어떤 일을 해야 할지 알았어. 머릿속엔 복수할 생각밖에 없었지. 맞서 싸우기! 그래서 해방 전선 조직에 가담했어. 처음엔 나 같은 외다리 전사를 원하지 않았지. 하지만 곧 내가 그 사람들만큼 빨리 달릴 수 있다는 걸 알게 만들어 주었지. 그리고 내가 유용할 수 있다는 것도. 경찰은 불구자를 의심하지 않거든. 이미 늦어 버릴 때까지 말이야. 그래서 내가 몇 개의 전략적 목표물을 날려 버렸어."

" '전략적 목표물'이 뭐야?"

"모르고 있는 게 더 나아."

얼굴을 찡그리며 니코데무스가 대답했다. 니코데무스는 대화의 주제를 바꿨다.

“룩키 형한테 소식 들었니?”

새뮤얼은 니코데무스 형에게 편지에 대해 들려주었다.

“큰형은 본토로 이송됐어. 하지만 어디에 있는지는 정확히 몰라. 내 소식통들이 말해 주지 않았어.”

니코데무스가 말했다.

“룩키 형을 다시 볼 수 있을까?”

“아니, 형이 나아질 때까지는 못 볼 거야…. 만약 회복될 수 있기라도 하면… 로벤 아일랜드에서 정신에 심한 손상을 입었어. 우릴 알아보지도 못할 거야.”

두 형제는 몇 분 동안 말없이 앉아 있었다.

니코데무스가 침묵을 깼다.

“우린 그들에게 대가를 치르게 할 거야! 기운을 내, 동지.”

몸을 일으키며 니코데무스는 상하의가 하나로 된 작업복에서 빵부스러기를 털고 동생을 껴안았다.

“이제 가야 해, 샘. 한곳에 오래 머물 수 없거든. 곧 다시 보자. 해방 이후에. 머잖아 곧….”

니코데무스 방문을 조금 열고, 주위에 아무도 없다는 것을 확인했다. 그런 다음 목발에 몸을 싣고 깡충 뛰며 밖으로 나가 흔들거리며 통로를 내려갔다. 모퉁이를 돌기 전, 니코데무스는 뒤를 돌아보며 삐딱한 웃음을 짓고는 허공을 향해 불끈 쥔 주먹을 휘둘렀다.

니코데무스 형도 투쟁에 참여했다. 전략적 목표물을 파괴하며 도주 중인 외다리 전사. 경찰에게 잡히면 어떻게 될까? 누구도 경찰의 손아귀를 오랫동안 피하진 못했다.

엄마는 자랑스럽게 생각했을 것이다. 하지만 아빠는 대체 뭐라고 하셨을까? 아들 둘이 해방 전사라니! 엄마와 아빠는 막내가 달리기 챔피언이라는 것에 대해선 또 뭐라고 했을까? 엄마는 얼굴에 주름이 잡힐 정도로 기뻐했을 것이다. 하지만 아빠는 분명히 탐탁지 않게 생각했을 것이다. 아빠는 흑인들이 제 위치를 알아야 한다고 생각했다. 아빠는 백인들은 하얀 옷을 입기 때문에 크리켓 경기나 잔디 볼링 경기를 할 자격이 있다고 말하곤 했다. 새뮤얼은 아빠의 구식 생각들에 절대 동의하지 않았다.

***

두어 달 뒤, 새뮤얼은 사무실에서 우연히 신문의 머리기사를 보았다.

경찰, 총격전 끝에
외다리 테러리스트 사살

머리기사 밑에는 한쪽 다리만 있는 찢어진 작업복을 입은 채 시궁창에 쓰러져 있는 사람의 사진이 실려 있었다. 테러리스트의 이름이

나와 있지는 않았지만 새뮤얼은 그 사람이 누군지 바로 알았다. 신문은 그 사람을 '검은 암살자' 라고 불렀다.

결국 니코데무스 형은 그렇게 원하던 자유 세상을 보지 못하고 죽었다.

새뮤얼은 와락 울음을 터트렸다.

바로 그 자리에서 새뮤얼은 동지가 되기로, 투쟁에 동참하기로 결심했다. 하지만 니코데무스 형의 죽음은 자신의 방식대로 자유를 위해 싸우겠다는 새뮤얼의 결심을 확인시켜 주었다. 자신의 타고난 재능을 이용해서 싸우는 것이다. 새뮤얼의 우승 하나하나는 모두 자유를 위한, 남아프리카공화국의 백인과 흑인 모두를 위한 승리가 될 것이다.

15

금광에서 일한 지 3년이 지났을 때, 새뮤얼의 삶과 모든 남아프리카공화국 국민의 삶을 바꾼 커다란 사건이 일어났다. 오랜 투쟁 끝에 마침내 백인 정부가 두 손을 든 것이다. 1990년 2월 2일, 백인 정부는 흑인 지도자 넬슨 만델라를 포함한 모든 정치범을 석방했다. 금광 사무실에서 일하는 다른 사람들과 함께 새뮤얼도 텔레비전 앞에 모여 말쑥한 회색 정장을 입은 키 크고 마르고 머리가 허연 남자가 교도소 문을 걸어 나오는 것을 보았다. 그 남자는 자기 부인 위니의 손을 잡고 있었다.

그 장면을 보며 새뮤얼은 생각했다.

'저분이 넬슨 만델라구나. 반투 홈랜즈에서 족장의 아들로 태어나 타운십으로 이주했으니 나와 반대 방향의 길을 걸었네. 저분은 해방

투쟁을 위해 가족과 직장을 잃었고, 27년을 감옥에 갇혀 있었지…'

갑자기 다른 생각 하나가 떠올랐다.

'저분이 루키 형을 만났을까?'

새뮤얼은 이 위엄 있는 노신사에게 깊은 애착을 느꼈다. 그건 만델라가 로벤 아일랜드에서 형과 함께 있었기 때문만은 아니었다. 만델라의 고요한 위엄은 새뮤얼에게 자기 방식으로 투쟁하도록 가르쳐 주었다.

만델라가 탄 차가 천천히 지나가는 동안 케이프타운의 길거리를 따라 수천 명의 흑인과 백인들이 함께 노래를 부르고 춤을 추었다. 구시청 건물에 도착한 만델라는 2층 발코니에 나와 주먹을 흔들어 승리의 인사를 하며, 밑에 모인 수많은 사람들에게 소리쳤다.

"아프리카를 우리에게!"

정치범들이 석방된 이듬해, 아파르트헤이트 정권은 빠르게 무너졌다. 정부가 마지막 인종차별 법률들을 철폐하자, 1991년 7월 9일 남아프리카공화국은 다시 올림픽 회원국의 자격을 얻게 되었다. 이제 남아프리카공화국의 흑인, 인디언, 유색인, 백인 선수들은 올림픽 경기에 자유롭게 참가할 수 있었다. 인종차별이 없는 선수단이 1992년 바르셀로나 하계 올림픽에서 경쟁할 수 있게 되었다.

이제 젊은 새뮤얼에게도 국가를 대표하겠다는 꿈을 실현하는 길이 활짝 열렸다. 홈랜즈에 돌아갔을 때 새뮤얼은 큰아버지에게 자기의 계획을 말했다.

"진정하거라, 애야. 넌 백인이 아닌 선수가 백인 선수들과 똑같이 경쟁할 수 있을 거라고 생각하는 거냐? 그래? 아파르트헤이트가 무너진 지 1년밖에 안 되었는데? 흑인 여자 선수가 필드하키나 네트볼 경기를 하는 걸 보았니? 체조나 수영, 다이빙 경기를 하는 거 한 번이라도 보았어? 흑인 남자 선수가 조정이나 요트, 사격이나 자전거 경기를 하는 건? 물론 보지 못했을 거다. 지금부터 연습을 시작하더라도 1년 안에는 올림픽 예선전도 통과하지 못할 거다. 그렇게 될 때까진 당나귀 나이로 1년만큼 아주 오래 걸릴 거야."

큰아버지가 말했다.

새뮤얼은 실망했다. 올림픽 마라톤 경기에 출전하기엔 아직 어리고 경험도 없지만 언젠가는 그럴 수 있기를 바랐다. 새뮤얼은 '당나귀 나이로 1년'이 얼마나 오래인지는 몰랐지만 기회가 오면 올림픽 경기에 출전할 수 있는 준비를 하기로 결심했다.

새뮤얼은 금광에서 텔레비전으로 올림픽 경기 개막식을 볼 수 있었다. 남아프리카공화국 아나운서는 다른 나라들은 모르는 사실을 알려 주었다. 올림픽 스타디움을 행진하던 흑인과 백인이 섞인 새로운 남아프리카공화국 선수단은 단지 외부 세계에 보이기 위한 것이었다. 흑인 마라톤 선수 얀 타우가 선두에 선 25명의 흑인 선수들은 스타디움을 행진할 수는 있었지만 본선 경기에서는 뛸 수 없었다. 올림픽 예선을 통과하지 못했기 때문이다. 혼합 선수단은 새 국가의 현재가 아니라 앞으로 추구하는 모습을 보여 주었다.

남아프리카공화국 선수는 바르셀로나 올림픽에서 아무도 금메달을 따지 못했다.

새뮤얼은 텔레비전으로 마라톤 경기를 지켜봤다. 자기 발로 도로를 박차고, 팔을 세게 흔들며 팔꿈치로 자기 공간을 지키고, 자기 폐로 먼지 섞인 공기를 들이마시는 기분이 들었다. 마치 자신이 힘들여 마지막 고갯길을 오르는 것 같았다. 보폭을 좁게 해서, 수영 선수처럼 짧게 끊어 숨을 쉬며, 앞에 있는 한국 선수와 일본 선수를 앞지르려고 빠른 속도로 달렸다. 새뮤얼은 결승선을 녹색과 금색이 섞인 유니폼을 입은 자신의 가슴으로 끊었다…… 상상 속에서.

하지만 새뮤얼은 겨우 스물한 살이었다. 그렇게 어린 나이에 올림픽 마라톤 경기에서 우승한 선수는 한 명도 없었다. 아베베도 첫 번째 금메달을 스물여덟 살에, 마지막 금메달은 서른두 살에 땄다. 새뮤얼도 열심히 연습하고 경험을 쌓으며 때를 기다려야 했다.

＊＊＊

2년 후, 광부들은 특별한 일을 위해 하루 휴가를 받았다. 흑인들은 난생 처음으로 투표를 하게 되었다. 새뮤얼은 그렇게 흥분된 적이 없었다. 무슨 일이 있어도 절대로 투표를 빼먹지 않을 작정이었다. 요하네스버그 밖 타운십에서 투표하는 것으로 등록되어 있더라도 말이다. 선거일에 새뮤얼은 투표소까지 버스를 타고 가서 길게 늘어선 줄 맨 뒤에 서야 했다. 줄은 6킬로미터 정도 늘어져 허름한 동네들을 연결하는 먼지 많고 구멍 파인 길을 따라 천천히 움직이고 있었다. 어디에나 이런 구호들이 붙어 있었다.

흑인에게 권력을!
아프리카 민족회의 만세
자유

투표를 기다리는 줄은 한 시간에 약 1킬로미터 정도의 느린 속도로 더러운 길을 따라 계속 움직였다. 굶주린 들개들도 고개를 숙이고 조심스럽게 이 괴상한 뱀 모양의 인간 행렬을 터벅터벅 따라왔다.

얼마나 멀리 왔던가. 천 년. 백만 킬로미터. 아직 얼마나 더 가야 하는지!

이제 줄은 아프리카 대륙 전체에서 가장 부유한 '황금빛 도시' 요하네스버그에 다가갔다. 주위 6백 킬로미터 안에는 강도 호수도 바다도 없었다. 그저 지하 1킬로미터도 넘는 곳에 있는 황금과, 황금으로 구입할 수 있는 것들만 있었다. 그리고 백만 명의 사람들, 두려움으로 인해 갈라진 백인과 흑인들이 있었다.

새뮤얼은 호기심에 차서 목련꽃 색깔의 웅장한 저택들을 바라다보았다. 저택들은 다른 집들과 구분된 채 모여 있었다. 저택들을 높게 둘러싼 하얀 담장은 사람들이 넘어가는 걸 막을 만큼 높았지만, 잔디를 잘 깎은 정원과 푸른 수국, 타는 듯 붉은 장미와 그 주위를 장식한 금잔화들을 감탄하며 바라볼 수 있을 만큼 낮았다. 어떤 저택에는 빨간 잎을 가진 남아프리카공화국의 국화, 프로테아 꽃밭에 하얀 깃대가 박혀 있었다. 오늘은 국기가 펄럭이고 있지 않았다.

이 집들은 화장실과 화장지, 전구와 전등갓, 양탄자와 커튼, 가스오븐과 테플론 냄비, 위층 침실과 타일이 깔린 목욕탕이 있는 개인 저택이었다. 아무런 구호도 걸려 있지 않았지만 이 저택들은 '너희가 어떻게 생각하든 우리가 아직 주인이다!' 하고 외치는 것 같았다.

아스팔트 도로는 가을 햇살을 받아 물통에서 햇빛이 춤추는 것처럼 빛났다. 이게 다 환영이었나? 정말 자유의 우물에서 갈증을 해소할 수 있을까? 아니면 결국 '백인 전용'이라는 아주 익숙한 표지를 다시 보게 될까?

가까이, 좀 더 가까이. 이제 거의 다 도착했다. 새로운 국가, 새로운 삶의 첫날. 무지개 국가. 사자와 코끼리, 기린과 코뿔소가 나무 사이로 마음대로 돌아다니는 초원의 초록색, 하마와 악어가 헤엄치는 호수와 강의 파란색, 대초원 밑에 있는 황금의 노란색, 이 다채로운 땅에 사는 사람들의 피부인 검정색과 하얀색. 그리고 피의 빨간색. 인류의 혈관에 흐르는 똑같은 피. 수백만 명의 사람들이 흘린 소중한 피가 1994년 4월 27일, 바로 이날을 불러왔다.

"피곤하겠어요, 동지."

뒤에서 말소리가 들렸다. 여자 목소리였다. 호사나, 줄루, 벤다, 아니면 총가 어의 혀를 차는 것 같은 억양이 없었다. 새뮤얼은 고개를 돌려 뒤를 흘끗 보고는 다시 앞을 향했다. 백인 여자는 수줍은 듯 머뭇거리며 미소 짓고 있었다. 피곤해 보였지만 짙고 선명한 푸른 눈은 마치 촛불이 켜진 듯 뚜렷이 빛나고 있었다.

"피곤하지 않아요?"

여자가 이번에는 '동지'란 말을 하지 않았다. 어쩌면 그렇게 부르는 걸 모욕이라고 생각할지도 모른다고 걱정한 것 같았다. 실제로 그랬다. 무슨 권리로 이 여자가 자기를 '동지'라고 부른단 말인가?

하지만 잠깐만. 오늘은 모두가 새롭게 인류로, 남아프리카공화국의 국민으로, 평등한 사람으로 다시 태어나는 날이다. 넬슨 만델라가 말했던 것처럼 백인들의 편견을 흑인들의 편견으로 대신해선 안 되었다. 거의 반평생을 감옥에서 보낸 사람이 자신을 괴롭힌 사람들을 용서할 수 있다면, 새뮤얼이 어찌 감히 이의를 제기하겠는가?

두 사람은 말없이 같이 걸었다. 백인 여성은 새뮤얼의 오른쪽에서 반걸음 정도 뒤에 섰다. 여자의 질문은 맑고 푸른 하늘로 연기처럼 사라졌다. 새뮤얼은 여자를 몰래 훔쳐보았다. 얼굴에 생긴 주름을 보니 30대 후반쯤 되어 보였다. 백인의 연분홍 피부는 아프리카의 태양 아래서 쉽게 노화되었다. 여자는 마치 영국 시골 오월제 기념 나무의 장식처럼 빨강, 하양, 파랑 리본이 달린 은색 끈으로 옅은 밀짚 빛깔 머리카락을 하나로 묶고 있었다. 여자의 얇은 담황색 드레스의 끝자락은 짙은 고동색 샌들에서 삐져나온 분홍색으로 칠한 발톱까지 내려와 있었다. 전형적인 중년 백인 부인의 모습이었다.

하지만…… 그 여자는 핀으로 가슴에 리본 세 개를 더 달고 있었다. 녹색, 황색, 흑색. 새뮤얼이 가입한 정당의 색깔이었다. 기분이 이상했다. 그 여자는 새뮤얼을 '동지'라고 불렀다. 그리고 자기 정당의 색깔뿐만 아니라 새뮤얼이 속한 정당의 색깔도 함께 달고 있었다. 여자는 새뮤얼이 힘드냐고 물었다. 화해의 올리브 가지를 내밀었는데 새뮤얼이 여자 손에서 가지를 낚아챘다. 하필 이런 날, 용서의 날에.

"아니요."

새뮤얼이 대답을 하는데 쉰 목소리가 흘러나왔다. 새뮤얼은 입술에 침을 묻히고 목을 가다듬었다. 여자가 자신을 무식하다고 생각할까 봐 걱정되었다. 여자는 새뮤얼의 영어가 얼마나 형편없는지 알지 못할 것이다.

"아니요, 부인. 저는 피곤하지 않아요. 이날을 오랫동안 기다렸어요. 좀 더 기다리는 건 상관없어요."

새뮤얼이 대답했다.

"내 이름은 수전이에요. 서른다섯 살이고요."

여자가 조용히 말했다.

유럽인들은 이상했다. 새뮤얼이 무엇 때문에 이름과 나이를 알고 싶어 한다고 생각할까? 새뮤얼은 경찰도 아니었다. 하지만 예의를 지키기 위해 대답했다.

"전 스물세 살입니다."

"스물세 살에 첫 투표를 하는군요."

여자가 어깨를 움츠리며 말했다.

새뮤얼은 자기가 투표할 사람은 일흔여섯 살이고, 자기가 태어난 나라에서 투표할 수 있는 권리를 찾기 위해 27년이나 감옥에 갇혀 있어야 했다고 말하고 싶었다. 그 사람은 길고 힘든 날들을 기다려야 했다고. 자기를 지지하는 사람들이 최루탄 때문에 눈물을 흘리고, 경찰견에 공격당하고, 감옥에 갇히고, 고문당하고, 추방당하고, 맞아 죽고, 그 가족들까지 살해당하는 것을 보았다고. 하지만…… 결국 그 사람들이 승리했다고.

투표소까지 줄을 따라 걷고, 걷고, 또 걸어가는 동안 새뮤얼의 머릿속은 그런 생각으로 가득 찼다. 흑인, 유색인, 백인 들은 같이 줄 서 있는 것에 반쯤 쑥스러워하며 함께 터벅터벅 걸어갔다. 들뜨기도 하고, 자신들의 상을 날치기당할까 봐 두려워하기도 하면서.

마침내, 지쳐 보이는 사람이 검은 커튼이 쳐진 기표소를 가리키며 새뮤얼에게 투표용지와 줄에 달린 연필을 주었다. 투표용지 위에는 사진들이 인쇄되어 있었다. 새뮤얼이 투표할 사람은 가운데에 있었다. 말랐지만 입술에는 승리의 미소를 살짝 짓고 있는 당당한 모습이었다.

새뮤얼은 떨리는 손으로 연필을 집고 자기가 투표할 사람의 사진 옆 네모 칸에 진하게, 도전적으로 보이는 X 표시를 했다. 그러고는 재빨리 투표지를 접어 투표함 구멍으로 밀어 넣었다. 자, 드디어 끝났다!

새뮤얼은 폐 속이 다 빌 때까지 길게 숨을 내뿜으며 퀴퀴한 냄새가 나는 투표소에서 나왔다. 그리고 자유의 향긋한 공기를 크게 들이마셨다. 새뮤얼은 투표소에 긴장한 모습으로 자신감 없이 들어섰다. 그리고 새사람이 되어 그곳을 나왔다. 새뮤얼은 과거의 무거운 짐을 벗었다, 백인의 멍에와 흑인의 멍에 모두를.

새뮤얼은 참을 수가 없었다. 입을 크게 벌려 사자처럼 울부짖었다.

새뮤얼은 마치 미친 사람처럼 토이토이 춤을 추며 몸을 마구 흔들어 댔다. 주위 사람들도 모두 환호성을 지르며 함께 노래를 부르고 춤을 추었다. 마치 축제 같았다. 사회가 목소리 없고, 얼굴 없고, 악하고, 쓸모없는 존재로 만들었던 모든 보잘것없는 사람들이 기뻐하고 있었다. 드디어 이들이 자유를 얻었다! 이들도 결국 중요한 사람이 되었다. 이들도 사람이었다. 이들도 자신의 운명을 선택할 수 있게 되었다.

16

이제 피부색에 따른 빗장이 사라졌고 새뮤얼은 남아프리카공화국 최고의 선수들을 상대로 경기를 할 수 있게 되었다. 그뿐만이 아니었다. 새뮤얼은 이제 아무 데나 거친 야외가 아니라 남아프리카공화국 최고의 스타디움에서, 재를 뿌린 좁은 길이 아니라 정식 육상 트랙에서, 시끄럽게 떠드는 꼬마와 까마귀들 앞이 아니라 수천 명의 관중들 앞에서, ‘제자리에, 준비, 땅!’ 하는 고함 소리가 아니라 시작을 알리는 총소리를 들으며 경기를 했다. 놀랍게도 어떤 백인 선수들은 새뮤얼을 동료 육상 선수, 선의의 경쟁자로 대했다. 어떤 선수들은 친절한 미소를 지으며 자기 물통에서 물을 나눠 주기도 했다.

새뮤얼이 백인 선수들 사이에서 마음을 편하게 갖는 데에는 시간이 좀 걸렸다. 처음엔 새뮤얼도 백인 선수들이 무슨 생각을 할까 궁금했다. 저 선수들도 아파르트헤이트 정부에 반대했을까? 흑인들을 살해한 것에 반대했을까? 다른 나라들이 백인이든 흑인이든 가장 실력 있는 선수들을 선발하는 동안 백인 선수만으로 크리켓, 럭비, 테니스, 육상 팀을 만든 것에 반대했을까?

그래도 옛 습관은 쉽게 사라지지 않았다. 동료 선수들 모두가 새뮤얼을 미소와 악수로 맞아 준 건 아니었다. 한번은 새뮤얼이 요하네스버그에서 열리는 세 개의 장거리 경기 모두에 출전하게 된 적이 있었다. 그래서 이틀을 스타디움 근처에 있는 호텔에 머물러야 했다. 백인 선수들은 여럿이 방을 함께 썼는데 다행히도 새뮤얼은 독방을 차지하게 되었다. 하지만 누군가가 백인 선수들 모두 새뮤얼과 함께 방을 쓰려 하지 않는다고 살짝 알려 주었을 때 처음에 느꼈던 기쁨이 싹 사라졌다. 마치 나환자가 된 기분이었다.

새뮤얼은 이런 일에 자신이 알고 있는 유일한 방법으로 대응했다. 그건 바로 경기 성적이었다. 새뮤얼은 첫째 날 5,000미터, 둘째 날 10,000미터 경기에서 1등을 했고, 셋째 날 마라톤 경기에서 3등을 했다. 처음 두 경기가 마라톤에 큰 타격을 주었다. 결승선을 1킬로미터 조금 더 남길 때까지 선두를 지켰지만 결국 다리가 너무 무거워져 막판에 백인 선수 두 명에게 추월당하고 말았다.

그럼에도 불구하고 새뮤얼의 활약은 남아프리카공화국 육상위원회의 눈에 띄게 되었다. 올림픽 경기가 시작되기 1년 전, 새뮤얼은 백인 선수 두 명과 함께 호놀룰루 마라톤 대회에 참가할 선수로 선발되었다. 정치적인 압력을 강하게 느낀 육상위원회에서 반드시 흑인 선수를 선발하려고 최선을 다한 것이다.

"이번 경기가 자네에게 외국의 경기 환경에 대한 경험을 갖게 해줄 걸세. 잘만 하면 올림픽 대표 팀에 선발될 수도 있어."

육상위원회 위원들이 말했다.

출국 준비를 위해 새뮤얼은 두 주간의 휴가를 받았다. 그 기회를 이용해 새뮤얼은 신티와 아이들을 보러 갔다. 가족과 함께 쉬며, 초원에서 가벼운 달리기를 하고, 외국의 경기 환경에 대해 큰아버지와 상담할 필요가 있었다. 새뮤얼은 호놀룰루가 영국과 비슷할 거라고 상상했다.

신티는 새뮤얼의 반석이었다. 별로 말을 많이 하지 않았지만 불안감을 없애 주는 미소와 애정 어린 작은 몸짓들로 다른 어느 곳에서도 얻을 수 없는 자극을 주었다. 새뮤얼은 오두막집 바닥에 앉아 자기의 걱정과 희망에 대해 이야기하곤 했다.

"첫 해외 원정 경기에서 어떤 성적을 거둘까? 올림픽 대표단에 선발될 수 있을 만한 성적을 낼까? 이 경기에 많은 게 달려 있소. 어른이 되고 나서 늘 자유를 쟁취하기 위해 달리겠다고 맹세했소. 하지만 실패하면 모든 게 다 물거품이 될 거요. 부상을 당하면 어쩌지?"

신티에게 대답을 기대한 건 아니었다. 하지만 새뮤얼은 신티의 단호한 대답에 깜짝 놀랐다.

"실패하지 않을 거예요, 여보. 열심히 기도하는 한 영혼들이 당신을 부상에서 지켜 줄 거예요."

"안 해, 실패, 아빠."

첫째 딸 패니가 따라 말했다.

새뮤얼은 이제 딸이 셋 있었고, 곧 네 번째 출산을 기다리고 있었다. 패니의 작은 목소리가 아내의 목소리와 더해져, 이들을 두고 떠나는 것이 얼마나 괴로운 일인지를 새삼 깨닫게 되었다. 하지만 패니의 목소리는 최선을 다하기로 한 새뮤얼의 결심을 더 굳게 만들었다.

새뮤얼은 한 번도 외국에 가 본 적이 없었다. 평생 타운십에서 요하네스버그의 교외, 북쪽에 있는 반투 홈랜즈, 그리고 마지막으로 음푸마랑가의 금광까지만 돌아다녔다. 경찰에게서 도망간 것부터 육상 경기까지 새뮤얼은 주로 요하네스버그 인근에서만 달렸다. 이제 새뮤얼은 검은 캐주얼 재킷 상의와 흰 바지를 입고 말란 공항에서 세계의 반대쪽으로 가는 비행기에 탑승했다. 앞에 있는 좌석 주머니에 들어 있는 지도를 보며 새뮤얼은 호놀룰루가 아메리카 대륙에 있는 것이 아니라 일본과 미국 사이 태평양 중앙에 있는 것을 알고 깜짝 놀랐다.

마라톤 경기가 끝나고 새뮤얼은 아내에게 편지를 썼다. 신티는 글을 읽지 못하지만 누군가 읽어 줄 수 있는 사람을 찾을 것이다.

사랑하는 아내에게,

믿을 수 있겠소? 내가 우승했소! 우승! 남아프리카공화국 최고의 백인 선수들을 이겼다오. 그것뿐만이 아니오. 세계에서 최고의 선수들 몇몇을 이겼소.

그것도 내 방식대로 말이오. 경주 전반부에선 선두 그룹과 함께 달렸소. 결코 무리하지 않으며 말이오. 경기 반이 지나자 나는 다른 선수들의 리듬을 깨트리기 위해 잠깐씩 속력을 내기 시작했소.

도마뱀조차도 힘들어할 날씨였는데 그게 날 도왔소. 많은 유럽과 미국 선수들이 더위에 지쳐 경주를 포기했다오. 하지만 고향에서 한낮의 태양 아래 자칼들을 쫓아다니던 것처럼 난 계속 달렸소.

내 최고 기록도 깼다오. 2시간 16분. 그 기록이 여러 사람을 놀라게 했소. 정말이오. 그 사람들 얼굴에서 놀란 표정을 읽을 수 있었소! '마라톤 경주의 상식을 모두 깨는 저 흑인 선수는 도대체 누구지?' 하는 것 같았소.

어쨌든 우승해서 정말 기쁘다오.

남편으로부터

육상위원회에서 애틀랜타 올림픽에 뛸 세 명의 마라톤 대표 선수를 선발할 때 새뮤얼은 당당하게 세 번째 자리에 뽑혔다. 새뮤얼은 육상위원회를 당혹스럽게 만들지 않고 마라톤을 완주할 수 있을 것으로 보였고, 게다가 흑인이었다. 새로운 남아프리카공화국에서는 정치적인 이유에서 메달을 딸 거라고 예상되든 아니든 올림픽 선수단에 흑인 선수를 포함시키는 것이 필요했다.

하지만 새로운 스포츠 지도자들은 올림픽에 흑인 선수 몇 명과 함께 그저 얼굴만 내미는 것에 만족하지 않았다. 자신들의 조국을 유명하게 만들어 백인 통치하에서 오랫동안 세계가 놓친 것이 무엇인지 보여 주고 싶어 했다. 하지만 그럴듯하게 보이기 위해서는 돈이 많이 들었고 예산은 빠듯했다.

새뮤얼은 누구보다 지도자들의 선택을 잘 이해했다. 수천 명의 가난한 흑인들을 위한 음식과 집인가, 아니면 올림픽 메달인가? 남아프리카공화국 흑인 선수의 승리가 국민의 사기를 높이는 데 어떤 영향을 끼칠 수 있는지 고려함으로써 새뮤얼은 스포츠 지도자들의 선택을 합리화시킬 수 있었다.

새뮤얼은 올림픽 메달을 획득하는 남아프리카공화국의 선수가 되기 위해 혼신의 힘을 다하기로 결심했다.

17

경기 시작을 기다릴 때면 언제나 살기 위해 달렸던 기억들이 새뮤얼의 머릿속에서 떠나지 않았다. 경찰들의 장화가 땅을 울리던 소리, 총알이 휙휙 지나가던 소리, 아이들이 머리나 가슴을 움켜쥐고 쓰러지며 지르던 비명 소리가 머릿속에서 울렸다. 상대가 어떤 선수든 결코 뒤에서 바짝 쫓아오던 경찰들과 따로 떨어트려 생각할 수 없었다. 살기 위해선 상대 선수보다 빨리 달려야 했다.

새뮤얼은 코를 통해 숨을 들이마시며 신선한 공기를 폐에 한가득 채웠다. 다음엔 입과 목 안으로 숨을 깊게 들이마셨다. 공기는 따뜻한 물줄기처럼 몸 안으로 빨려들어 갔다. 타운십과 아주 다른 냄새가 났다. 이국적이었다. 철과 콘크리트 냄새, 길거리에서 파는 머핀과 계피 향 베이글 냄새, 여자들의 향수 냄새와 손님들이 붐비는 가게에서 나는 냄새. 이런 냄새들은 사자와 야생 개들이 남긴 퀴퀴한 냄새, 따스한 산들바람이 싣고 오는 샐비어와 월계수 냄새, 공동 냄비에서 요리되는 신선한 닭과 옥수수 냄새 같은 초원의 익숙한 냄새와 전혀 달랐다.

타운십의 냄새가 기억 속으로 퍼졌다. 하수구, 막다른 곳에 있는 재래식 화장실, 썩어 가는 죽은 개, 무허가 술집 바깥에 토한 자리에서 말라 가며 번들거리는 오물의 시큼한 냄새, 잊을 수 없는 그날의 죽음 냄새⋯⋯. 숨을 막히게 하고, 옷과 피부에 달라붙는 냄새, 새뮤얼이 결코 잊지 못할 냄새.

여긴 소독약에 씻겨 악취가 풍기지 않았다. 트랙에 서서 새뮤얼은 예민한 코로 윤활유의 달콤한 냄새, 긴장한 선수들 몸에서 풍기는 땀 냄새, 새로 깎고 물을 준 잔디에서 나는 톡 쏘는 냄새를 맡았다.

주위를 둘러보니 몇몇 선수들이 출발 총소리를 기다리며 마른 입술을 핥고 있었다. 평소 같은 긴장만이 혈관 속으로 아드레날린을 퍼 올리고 있는 건 아니었다. 두려움도 섞여 있었다. 며칠 전 시내에서 작은 파이프 폭탄이 터져 한 사람이 죽고 백 명이 넘게 부상을 입었다. 새뮤얼은 그 폭탄이 터지는 소리는 듣지 못했다. 하지만 총격과 폭발은 타운십에서 흔히 있는 일이었다.

마라톤 선수들은 콘크리트 기둥 뒤에 숨어 있을지도 모를 저격수에 무방비로 노출되어 있었다. 선수들 눈에 두려움이 깃들어 있는 것도 당연했다. 빨리 도로로 달려 나가길 고대하고 있었다. 하지만 스타디움도 이렇게 이른 시간엔 안전해 보였다.

새뮤얼은 준비가 되었다. 기름을 바르지도, 마사지를 하지도 않았다. 전략에 대한 대화도 나누지 않았다. 하지만 새뮤얼에게는 다른 선수들에게는 없고 또 알지도 못하는 게 하나 있었다. 조상들의 영혼을 만족시키는 자신만의 의식. 새뮤얼은 늘 영혼들에게 기도를 하고 경기를 시작했다. 집에선 잠자리에 들기 전 가족들과 함께 염소의 심장과 간을 오두막 밖에다 묻곤 했다. 올림픽 선수촌에서는 염소의 심장이나 간을 구하기 힘들었다. 게다가 새뮤얼 숙소 밖 복도는 바닥이 콘크리트로 되어 있었다.

하지만 새뮤얼에게는 나쁜 영혼들을 쫓는 다른 부적이 또 있었다. 머리카락을 가닥가닥 땋는 것이었다. 여러 가닥으로 땋은 머리카락은 경주를 하는 동안 뱀처럼 이리저리 흔들거리며 식콜로쉬스와 발로이로부터 새뮤얼을 보호해 주었다. 분명히 땋은 머리와 조상들의 영혼이 나쁜 영혼들을 물리치도록 새뮤얼을 도와줄 것이다. 그리고 누가 알겠는가? 이들의 마법의 힘이 새뮤얼이 우승하도록 도와줄지도 모른다.

경기 시작 전 마지막 몇 초 동안 많은 생각들이 새뮤얼의 마음속에 떠올랐다. 마치 번개처럼 가족과 친구들의 모습이 휙 스쳐 지나갔다. 새뮤얼의 이름이 나오는 걸 들으며 온 마을 사람들이 족장의 라디오 주위에 옹기종기 둥글게 모여 앉아 있는 모습. '새뮤얼 선수가 선두로 나섭니다.' 라는 말은 환호성을 불러일으킬 것이다. 그렇게 할 수만 있다면…….

마을 바깥쪽 진흙 오두막집에서 새뮤얼이 경기에서 받은 상금으로 산 라디오를 듣고 있는 아내와 딸들이 생각났다. 딸들이 라디오에서 아버지의 이름을 들을 수 있을까?

짬을 내어 크라운 금광 전체에 울려 퍼지는 스피커를 통해 경기 중계방송에 귀를 기울이는 친구들도 생각났다.

룩스마트 형과 옛 달리기 파트너 시메온도 생각났다. 둘이 지금 여기에 있을 수 있다면! 만약 룩스마트 형이 아직 살아 있다면, 어쩌면 라디오를 듣고 있을지도 모른다.

새뮤얼의 왼쪽 운동화 안에는 넷으로 접은 종이 한 장이 들어 있었다. 그 종이 위에는 새뮤얼이 이제 완전히 다 외워 버린 짧은 글이 쓰여 있었다.

행운을 비네, 동지.

기회가 절반이라도 주어지면 우리가 무엇을 할 수 있는지 세상에 보여 주게. 우리가 자유를 얻은 지금 무엇을 할 수 있는지. 그리고 우리가 미래에 어떤 대단한 일들을 할지. 우리를 위해 우승해 주게. 새로운 남아프리카공화국을 위해.

만델라

넬슨 만델라가 자기와 함께 있고, 자신의 승리를 기원한다고 생각하는 것만으로도 눈가에 이슬이 맺혔다.

"최선을 다할게요, 만델라."

새뮤얼이 숨죽여 속삭였다.

올림픽의 영광을 위해 출전한 남아프리카공화국 선수는 새뮤얼 혼자가 아니었다. 벌써 페니 헤인즈가 수영 평형 100미터와 200미터에서 금메달을 땄다. 그리고 마리안 크리엘이 배형 100미터에서 동메달을 땄다. 새뮤얼은 두근거리는 가슴으로 남아프리카공화국 흑인 선수 헤제키엘 세펭이 육상 800미터 경기에서 처음으로 올림픽 은메달을 따는 것을 지켜봤다.

백인 여자 선수 두 명과 흑인 남자 선수 한 명. 둘을 동등하게 만드는 것은 새뮤얼에게 달려 있었다. 금메달 둘, 은메달 하나, 동메달 하나. 새뮤얼이 금메달 셋을 만들 수 있을까? 아니면 은메달 둘? 동메달 둘? 흑인 메달 두 개와 백인 메달 셋?

녹색과 금색이 어우러진 유니폼을 입은 세 마라톤 선수는 함께 달리기로, 힘든 경기 동안 서로 돕기로 약속했다. 이제 이 선수들은 서로에게 용기를 주기 위해 초조하게 미소 지으며 팔을 펼치면 닿을 만한 거리에 자리 잡고 섰다. 이 선수들에게는 42.195킬로미터를 달리는 동안 용기가 필요할 것이다. 마지막 350미터를 달리는 동안은 더욱 그럴 것이다.

***

"타—아—아—앙!"

날카로운 경기 시작 총소리가 찢어지는 듯한 벼락 소리처럼 스타디움에 울려 퍼졌다. 순간 타운십에 있는 집에 가 있다고 생각한 새뮤얼은 놀라서 펄쩍 뛸 뻔했다. 신경이 안정되자 몸 전체가 안도감으로 살짝 떨렸다. 마침내 기다림이 끝나고 팽팽히 긴장된 근육을 풀 수 있었다.

트랙을 한 바퀴 천천히 돌고 나서 선수들은 넓고 무더운 도로로 나갔다. 아무도 선두에 나서거나 무리하게 서두르지 않았다. 올림픽 규칙은 '여우들'을 편하게 하기 위해 고의로 속도를 조절하게 고용된 '토끼들'을 금지했다. 혹시 누군가 치고 달려 나갈까 눈치를 보면서 모든 선수들이 편안히 가볍게 달렸다. 도시의 열기 속에서 선수들은 경주의 후반부를 위해 힘을 아끼고 있었다.

첫 20킬로미터 동안은 참가 선수의 3분의 1이 넘는 약 50명의 선두 그룹이 보통 속도로 평원을 가로지르는 들소 떼처럼 함께 무리지어 달렸다. 새뮤얼은 당분간 조류에 휩쓸리는 것에 만족하면서 힘을 아끼며 앞서거니 뒤서거니 했다.

중간 지점인 21킬로미터에서는 에티오피아 선수가 선두에 있었다. 마라톤 세계 신기록 보유자이긴 하지만, 8년 전에 위업을 이룬 후에는 다소 부진했다. 흐지부지해진 유성이었다. 그 선수를 정말 위협

적이라고 생각하는 사람들은 거의 없었다. 그래도 많은 사람들이 아베베 비킬라와 마모 볼드의 놀라운 위업을 기억하고 있었다. 그래서 이 선수가 에티오피아의 비장의 카드일지 궁금해했다. 선두 선수가 반환점을 돈 시간이 전광판에 표시됐다. 1시간 7분 36초. 달팽이같이 느린 속도였다.

누군가…… 곧…… 더 빠르게 달려야 했다. 아니면 인내력만 시험하다가 결국 결승선을 향한 질주를 잘할 수 있는 '단거리 선수'에게 우승을 내줄 것이다.

당연히 선수들은 결승선으로 향하며 점점 더 빨리 달리기 시작했다. 21킬로미터를 달리는 동안 선수들은 당나귀처럼 단조롭게 움직이며 폐와 다리를 도시의 열기와 아스팔트에 적응시켰다. 이제 선두 그룹에 머물 수 있을 만큼 빠르게 달리면서도 마지막 고통스러운 5킬로미터를 위해 충분한 힘을 남겨 놓을 수 있게 집중할 시간이 되었다.

선두 그룹이 점점 작아져 이제 거의 나란히 달리는 열세 명의 선수만 남았다. 키가 크고 근육질인 두 백인 남자와 마르고 작은 흑인 남자. 남아프리카공화국의 세 선수는 아직도 함께 달렸다.

대부분의 사람들은 선두 그룹에 있는 유명한 선수들, 우승 후보에게 관심을 집중했다. 최고의 선수들이 선두에 나서기 시작했다.

선수들이 24킬로미터 표식을 지날 때도 아직 누가 우승할지 예측할 수 없었다. 18킬로미터 정도가 남아 있었다.

그때 예상하지 못했던 일이 벌어졌다. 미리 계획한 대로, 세 명의

남아프리카공화국 선수들이 돌아가며 속도를 올려서 서로를 끌어
주며 상대 선수들의 리듬을 깨려고 시도했다. 고국에서 텔레비전을
보던 사람들은 과연 불가능한 일이 벌어질 수 있을까 하고 궁금해했
다. 전례가 없던 금, 은, 동메달 독차지. 얼마나 엄청난 위업이겠는가!

관중들은 햄버거와 도넛을 먹으며 맥도날드, KFC, 스타벅스 밖 거
리를 지저분하게 만들었다. 흑인과 백인, 여자와 남자, 아기와 아이
들. 너무 살이 쪄 자신들은 달릴 수 없지만 달려가는 선수들을 통해
꿈을 꾸는 사람들. 어떤 관중들은 국기를 흔들었다. 편파심이나 애국
심 때문이 아니라 단지 달려 지나가는 마라톤 선수들을 향한 존경과
감탄 때문이었다. 어떤 사람들은 사탕이나 자른 오렌지 몇 쪽을 건네
주었다. 그리고 아무도 자신의 선물을 받지 않으면 짜증을 냈다. 아
이들은 발 빠른 영웅들의 팔이나 유니폼을 만져 보려고 했다. 한 어
린 소년은 내키지 않는 듯 양념 소스로 얼룩진 햄버거 조각을 앞으로
내밀었다. 그리고 아무도 관심을 갖지 않은 것에 안심하며 다시 그
햄버거를 자기 입에 쑤셔 넣었다.

집에서 텔레비전을 지켜보는 많은 마라톤 팬들은, 특히 흑인들은
전설적인 넬슨 만델라가 지도하는 남아프리카의 새 국가를 응원했
다. 그리고 이제 만델라의 무지개 국가에서 온 세 선수가 메달을 독
차지할 것 같았다.

18

그렇게 되지는 않았다. 약 3킬로미터를 선두에서 달린 후 27킬로미터 표식이 있는 곳에서 두 명의 선수가 대담한 시도의 대가를 치렀다. 두 선수가 뒤로 처지면서 마치 밀려오는 파도에 조개들이 묻히듯 경쟁자들에게 삼켜졌다.

하지만 잠깐! 놀랍게도 아직 작은 흑인 선수 한 명이 선두에 남아 있었다. 겨우 1초를 가까스로 앞선 채였다. 발뒤꿈치에는 적어도 열여덟 명이나 되는 선수들이 지친 사냥감에 달려드는 치타들처럼 바짝 뒤쫓아 오고 있었다.

무엇이든 시도해야 했다. 우승이 사라져 가고 있었다. 새뮤얼은 초원에서 큰 청소새들을 쫓던 일, 꾀를 써서 자칼들을 지쳐 떨어지게 만들던 일을 기억해 냈다. 새뮤얼은 속력을 줄였다가 자칼들이 자기를 따돌렸다고 안심할 때 갑자기 전속력으로 쫓아갔다. 속력을 줄였다, 전속력으로 쫓고, 속력을 줄였다, 전속력으로 쫓고……. 그렇게 하면 종종 새뮤얼이 목을 부러뜨리기도 전에 이미 자칼들의 기가 꺾였다.

새뮤얼은 큰아버지가 들려준 스피리돈 루이스와 아베베 비킬라 이야기를 기억했다. 두 선수는 상대 선수들을 천천히, 확실하게 지치게 만들었다.

우승을 못할지도 모르지만, 새뮤얼은 다른 선수들의 리듬을 깨트리기 위해 최선을 다하기로 결심했다. 이런 기회는 다시 오지 않을 것이다!

남은 힘을 모두 짜내 땋은 머리카락을 세차게 흔들면서 새뮤얼은 갑자기 땅을 힘껏 차며 빠른 속도로 달렸다. 새뮤얼은 29킬로미터와 34킬로미터 사이를 살인적인 기록인 15분 만에 주파했다. 그 결과, 추격하던 무리 중에서 다섯 선수를 빼고는 모두 다 나가떨어졌다.

35킬로미터 표식을 지나는데 가장 두려워하던 소리가 들렸다. 바로 뒤에서 들리는 발소리였다. 곁눈으로 슬쩍 보니 케냐 선수였다. 이제 두 아프리카 선수가 나란히 달렸고, 바로 뒤에 한국 선수가 따라왔다. 이 세 선수는 다른 세 명의 선수들과 조금 간격을 벌려 놓았다.

이제 올림픽 스타디움까지 이어지는 5킬로미터의 도로만 남았다. 5킬로미터. 15분.

선두에 선 세 선수는 앞서려고 경쟁하며 서로 꼭 붙어 달렸다. 스

타디움에 접근했을 때도 겨우 2초밖에 서로 차이가 나지 않았다. 새
뮤얼이 아직 맨 앞에 있었지만 아무리 속력을 조절해도, 아무리 치고
나갔다 속력을 줄였다 해도 나머지 두 선수를 따돌릴 수가 없었다.
계속 선두를 지킬 수만 있다면…… 이제 거의 다 왔는데……. 폐가
터지는 것 같고 다리는 돌처럼 무거웠다. 목에서는 거친 숨소리가 났
다. 온몸 구석구석이 '이제 그만!' 하고 소리를 질렀다.

하지만 새뮤얼의 의지는 아직도 강했다. 이겨야만 했다! 넬슨 만델
라 대통령을 위해! 남아프리카공화국의 흑인을 위해! 봐, 내가 할 수
있으면, 너도 할 수 있어!

기다리던 관중들의 커다란 함성을 들으며, 세 명의 선수들이 손을
들면 닿을 정도로 거의 달라붙어 스타디움 안으로 들어왔다. 트랙의
두 바퀴 반. 남은 거리는 그게 전부였다. 이제 1킬로미터, 천 걸음도
남지 않았다.

바로 그때 용감한 한국 선수가 전속력을 냈다. 케냐 선수를 앞질러
새뮤얼의 목덜미에 더운 입김을 내뿜었다. 분명히 새뮤얼을 따라잡
을 것 같았다……. 하지만 한국 선수가 앞지르려 할 때마다 땅딸막한
새뮤얼은 이를 꽉 악물고 몸속 어디선가 여분의 힘을 찾아내 선두를
지켰다.

새뮤얼은 한국 선수보다 겨우 3초 앞서서 결승 테이프를 끊었다.
올림픽 마라톤 역사상 가장 아슬아슬한 승부였다. 새뮤얼은 세계에
서 가장 훌륭한 마라톤 선수들을 이겼다. 승리를 향한 새뮤얼의 의지

가 다른 선수들보다 더 컸다는 것이 증명됐다.

***

시상식 때, 스타디움에 있는 8만 3천 명의 관중들 앞에서, 그리고 텔레비전을 지켜보는 수많은 사람들 앞에서, 남아프리카공화국의 국가 '신이여, 아프리카를 축복하소서'가 육상 역사상 처음으로 연주되었다. 시상대에 당당히 서서 새뮤얼은 조국의 새 국기가 국기 게양대의 꼭대기까지 올라가는 것을 지켜보았다. 그리고 국가를 따라 불렀다. 크게, 자랑스럽게, 당당하게. 새뮤얼의 심장은 마라톤 경주를 할 때보다 더 세차게 뛰었다.

정말 감동적인 순간이었다. 남아프리카공화국 사람들에게만이 아니었다. 전 세계에서 수많은 사람들이 새뮤얼의 우승에 환호했고, 최고의 선수가 되기 위해 역경을 극복한 아프리카의 아들을 위해 같이 눈물을 흘렸다. 새뮤얼의 우승은 금메달 하나보다 훨씬 중요한 의미가 있었다. 그 메달은 흑인과 백인 모두를 위한 정의의 상징이었다.

에필로그

　멀리, 반투 홈랜즈의 작은 마을에 있는 초원에서 잔치가 벌어지고 있었다. 족장은 성대한 예복을 입고 있었다. 열두 명의 고문들도 빛깔이 바랜 가느다란 세로줄 정장을 입고 있었다. 프리실라 큰어머니와 족장의 다른 부인들, 그리고 아이들은 축하 노래를 부르며 춤을 추었다. 마을의 아들이 우승을 했다.

　백랍으로 된 머그컵을 들며 족장은 엄숙하고 커다란 목소리로 "내 아들, 전사를 위해 건배."를 외쳤다. 그리고 마치 혼자에게 이야기하듯 말을 더했다.

　"그녀석이 언젠가 챔피언이 될 줄 알았어."

　족장은 감격의 눈물이 뺨을 타고 흘러내리는 것을 감추려고 재빨리 머그컵을 입술에 갖다 댔다.

***

마을 밖에 있는 작고 둥근 오두막집에서 라디오 소리를 최대한 크게 틀어놓은 채, 젊은 엄마가 활짝 미소 지으며 네 딸을 끌어안고 있었다.

엄마가 기쁨에 가득 차 소리를 질렀다.

"저게 너의 아빠야. 세계 챔피언이라고. 너희를 위해, 니코데무스와 룩스마트 형을 위해, 우리 모두를 위해 이겼어."

***

새뮤얼이 태어난 타운십에서 멀지 않은 곳에 있는 아담한 집 안에서 밀짚 색깔 머리를 한 여자가, 짙고 선명한 푸른 눈을 반짝이며 자신의 두 아이에게 몸을 돌렸다. 텔레비전을 가리키며 그 여자가 자랑스럽게 말했다.

"저 사람이 내 친구야. 우리가 이겼어, 동지! 우리가 승리했어!"

***

수백 킬로미터 떨어진 곳, 프레토리아가 내려다보이는 언덕 꼭대기에서 화려한 금색 셔츠를 입은 반백의 남자가 대통령 집무실을 왔다 갔다 하며 하얀 손수건으로 눈 주위를 닦고 있었다. 그 남자는 금메달을 목에 건 흑인 선수가 나오는 텔레비전 화면에서 한 번도 눈을 떼지 않았다.

아내 쪽으로 몸을 돌리며 넬슨 만델라가 쉰 목소리로 말했다.

"여보, 저 사람이 올림픽 금메달을 딴 남아프리카공화국의 첫 번째 흑인이오. 눈부시게 아름다운 여름날을 알리는 첫 번째 제비요."

＊＊＊

다시 올림픽 스타디움. 금메달을 손에 쥐며 챔피언이 입술을 소리 없이 움직였다. 그 모습은 마치 기도하는 듯했다. 새뮤얼은 넬슨 만델라가 쓴 책의 제목을 기억했다.《자유를 향한 머나먼 여정》.

새뮤얼은 멋쩍은 듯한 미소를 지었다.

"당신 말을 바꿔서 미안해요, 만델라. 난 자유를 향한 머나먼 질주를 했어요."

남아프리카를 나누어 갖기 위해 영국인과 아프리카너(아프리카 어를 쓰는 백인) 혹은 보어(농부라는 뜻의 네덜란드 어)라고 불리던 네덜란드 인이 쟁탈전을 벌였다. 네덜란드는 17세기에 아프리카에 도착했다. 1880년대에 금광이 발견되자 영국도 남아프리카에 관심을 가지게 되었고, 19세기 말에 벌어진 두 번의 전쟁에서 결국 영국이 승리를 거두었다. 남아프리카공화국은 영국 제국에 편입되었다.

1910년에 영국인과 아프리카너는 공동 정부를 구성하고, 1913년에 원주민 토지법을 제정해 남아프리카공화국 토지의 90퍼센트 이상을 차지했다. 원주민에게 남겨진 땅은 겨우 7.3퍼센트밖에 되지 않았다(나중에는 13퍼센트까지 늘어났다). 당시 정부의 한 장관은 "흑인들에게 남아프리카공화국이 백인 국가이며, 흑인들은 땅을 소유할 수 없고, 이곳에 살려면 백인들에게 복종해야 한다는 것을 알려 줘야 한다."라고 주장했다.

흑인들의 저항은 백인들의 지배 체제에 거의 영향을 미치지 못했다. 하지만 그 저항을 통해 1912년 남아프리카 원주민의회가 결성되고, 이것이 1923년에 아프리카 민족회의(ANC)로 발전되었다.

마치 전에는 차별이 그다지 심각하지 않았던 것처럼, 1948년 8월 1일 정권을 잡은 아프리카너 국가주의당은 더 심한 인종차별을 하였다. 이 정권은 나치 독일의 히틀러가 주창한 '지배자 민족' 사상에 영향을 받아 인종격리정책인 아파르트헤이트를 실행에 옮기기 시작했다. 그 결과 모든 국민은 아래 넷 중 하나의 인종으로 분류되었다.

백인 (인구의 15%)

흑인 (75%)

유색인 (혼혈인, 7%)

인도인 (3%)

사람들은 인종 구분에 따라 각기 다른 지역에 살도록 배정되었다. 대부분의 흑인 거주 지역은 반투 홈랜즈에 제한되었다. 하지만 금광과 공장에 노동력을 제공하기 위해, 그리고 청소와 정원 일을 하기 위해 소수의 흑인들은 백인 도시 외곽, 타운십이라고 알려진 판자촌 빈민가들에 거주할 수 있게 허용되었다.

백인이 아닌 사람들은 살 곳과 일할 곳을 규제받는 통행증을 가지고 다녀야 했다. 대부분의 호텔, 음식점, 도서관, 대학, 버스 그리고 공원 의자와 해변까지도 백인들만 이용할 수 있었다. 이 잔인하고 비인간적인 정책 때문에 동화책마저도 《블랙 뷰티》같이 수상한 제목이 달려 있으면 금서로 지정되었다.

식민 지배자들로부터 독립을 쟁취한 다른 아프리카 국가들에게서 자극을 받아 남아프리카공화국 흑인들도 일부 백인들의 지원을 받으며 아파르트헤이트 정권에 저항하기 시작했다. 아프리카 민족회의는 1955년 자유 헌장을 작성했다. 자유 헌장은 간결하고 명확했다.

남아프리카공화국은 백인이든 흑인이든 이곳에 살고 있는 모든 사람의 것이다…….

우리 남아프리카공화국 민중은 다 함께, 흑인이든 백인이든 동등한 권리를 가진 사람들이자 동포이며 형제로서 민주적 변화가 승리하는 날까지…… 함께 투쟁할 것을 맹세한다.

국민과 나라를 사랑하는 모든 사람에게 우리가 이 자리에서 외치고 있는 것처럼 같이 외치게 하자.

"우리는 해방을 쟁취할 때까지 이 자유를 위해 함께 싸울 것이다."

1994년, 남아프리카공화국 흑인들은 마침내 자유를 쟁취했다.